叶宇青 著

叶宇青詩集

上海人民出版社

誰謂鐵驪去　遍征萬山

豪根難知稼穡浩蕩

閬風濤海洞訪情遠天

清霧色高稻梁謀已足

舒嘯向東皋

己酉收聽之夕病後識　羊

倦眼看何世苍
凉阅岁年埋兹
须有地动同似
无天破砚猶存
耳窗樽六晏然
披图成一笑遽
與我周旋
激光為寫象形不甚真
神則是我喜而題之
己酉孝冬 抱遺

轉綠成黃即古今區

區榮辱陽相尋儔時

肯下千行淚抗志先

寒士族心形俊難貪

彭澤酒手揮未絕廣

凌琴全軀豈謂猶孤

註已覺崎嶇入世深

抱遺

序

汪涌豪

右《紫琳腴阁诗稿》《琴波词》与《抱遗室诗录》为洞庭叶宇青士衡先生遗稿。先生髫龄凤慧,稍长能诗,并吟什流播,腾誉人口,邑中耆宿争推挹之。维舟览古,多契襟情;坐花醉月,每相唱酬。即闲翻旧曲,自琢新词,亦常有之。至言纷玉屑,书成珠缀,具见其学之富而才之广也。

及至中年,日与世涉,哀乐渐多。兼以饥寒驱逐,骨肉离散,举目河山,镌天无以寄恨;裴回身世,倾海不能量愁,不得已而避世待命。故其月下孤恨,楼头微吟,景光无能入目,而感发每自由心,并千念集夜,悉上毫端;万感盈朝,俱存腕下。又或借来东壁,拍按红牙;剪向西窗,歌翻白紵,衣影镜中,托兴往而无际;泪痕衫上,抽思来而不穷,梗慨悲幸于前岁,低迴怅触于时下。眇意微言,几欲夺席古人而与之较胜也已。尤可称者,彼一介书生,能青毡坐老,不亏去就之大节;黄卷吟残,犹标出入之清高,并平生种种菀结不可解之情,与夫幽峭不可开释之怀,一寓于诗,此诚兰抽弱茎而自足殊芬,桐挺孤枝而独饶清韵也。惜乎芸箱藜案,尽毁兵火;寸楮尺缣,几亡世乱,至络绎清辞,什不存一,令人念之,殊深太息!

盖文与人同命,虽与时推移销化有不可自知者,而金石或以寒泐,片纸不与地物同澌灭者几稀。然挹先生之眉宇,难寻旧梦于前尘;诵先生之歌章,可求影事于幻境,则纤袗之音,芬芳之韵,岂能随西风俱散,与木叶同其零落乎。而况比年以来,雅音寝衰,深于此道者亦鲜矣,二三不学犯体侵畛域者反比比,此岂非昔贤有作,沾被于以无穷;先代是程,清芬尤宜裁诵,而才人不应枉抛心力,如风沉响息至于没世无闻哉!

所幸先生文有其哲嗣编次注释,并手自缮定,此爱亲之所爱,诚孝子之所当为也。寿梓之际,辱承问序。余生也晚,何知之哉!然秋雨浃旬,断客披吟,不禁舌桥心折,意动神移者,为其才情懋美而古怀绵渺,体摺群雅而尤近陶潜、东坡也。是虽无山程之雷惊电激,水驿之波轩云委,而墨瘁纸劳,别深寄托;隐鳞藏羽,夷犹澹荡,亦殊非模象形影、锤声炼色者可比也。又,其所作诸词缜密以栗,出清真而归玉田,总要以清为质,树体于雅,亦间有可观。爰从酒后,嗟其憔悴;试向灯前,愍其蹉跎,虽知窭陋浅萳不足以尽饰厥文,私臆悬测又无当于用光斯集,仍勉布俚言,以志钦挹;不揣顾误,用摅向慕。区区私衷,度海内大雅同好必能深体而曲谅之。

戊戌年秋杪谨识于巢云楼

自　序

　　余自奉讳，久废篇章。憔悴江潭，无复荃兰之寄；凄凉庐舍，徒萦风木之哀。环顾前尘，渺同隔世。属强寇之东逼，挟惊魂以南迁。大地荆榛，饮江水而且止；故巢草莽，怆门巷之已迷。而况亲戚仳离，交游流散，云罗缄札，芳讯难通，禅榻茶烟，宿疴未已。风烟四远，愁生故国之心；霜雪一梳，冷入慈亲之发。值吾生之多慨，偶托兴以长谣。依次录之，将为他日思也。所冀早安华甸，欣奉板舆。奠东海之惊波，驻南陔之爱日。恢张旧业，捐弃忧端，陶写风云，驱使今古。则听城头之笛，方将和慷慨之声；挥江上之鞭，或亦助腾骧之气。又何必兰成作赋，流涕都亭；子美兴歌，揽悲同谷而已乎！人海藏身之日，瀛洲观劫之馀，视此尘痕，故同敝帚云尔。戊寅四月望。

叶宇青先生小传

叶宇青先生原名士衡，又名琦，字玉农，晚年别署抱遗。生于光绪二十九年癸卯立冬（1903 年 11 月 8 日），病逝于 1975 年 9 月 11 日，享年七十三岁。

先生祖籍洞庭东山，乾隆年间移家于嘉定县南翔镇，累世皆勤俭有清德。及太平军至南翔，先祖遂携子女流转四方，最后家于上海，约当在 1860 年后。

先生父子云，讳明照，生于南翔老宅，三十四始有家室。母上海李氏，寒士礼法之家，知书识大体，外祖贤子云而女之。子云诚悫笃实，自少至耄年无所改。生一子四女，仅存一女，馀均夭殇。五十二岁乃得先生，故珍爱逾常。

先生四岁坐母姊怀中识字，五岁学《论语》，亦能粗通其义。以体弱多病，九岁方就学，十一岁而又辍，十三岁始得邑中耆宿沈葵若而师事之。先生颖悟特异，沈师略一开解即已豁然，每每袖先生之文夸示友好。师馆在城中，时豫园旧书摊星罗棋布，先生乃日往翻阅,或就坊肆索书而观。日积月累,得于书者仅此。日后,节衣缩食之馀,唯以得书为喜,直至无计图存,散书而后已。

年稍长,随老父至南翔访故旧,与娄东数老儒遇,皆赏其诗文,视为异才。故每至,必簇拥相随左右,觞咏竟日。

是时家贫亲老,为菽水之计,任教高中国文于中法学堂,故二十一岁而为人师。1925 年春,法领事馆主事文牍之老先生病倒不起。该馆历来考究中文案牍,有沪上第一之誉。先生以知己之故前往助事,不意于此任上消磨达二十六年,至中华人民共和国成立后中法关系中断,乃决然辞免。

先前,溥仪师郑孝胥赏其才学,欲聘其北上,拒之;后有好事者荐诸汪伪任职,虽高官厚禄不受也。其时,国难当头,先生甘守清贫,视领馆为避难之所。抗战胜利几欲离馆别图,终因世事纷乱无地投足,只得蜗居馆内直至易帜。

上世纪五十年代鸣放学习欲先生发言,先生说:"不平则鸣,自己本无不平,不能伪编以欺妄耸听,故暂且无意见可提。"时商务印书馆筹划出版《汉译世界学术名著丛书》,因与好友周士良合作翻译古罗马哲学家奥古斯丁《忏悔录》等一批学术著作,为保持原著风貌,曾与出版社多次信札往返,其中有"古圣贤哲,焉能远拟未来,投合于千载之下"之语,最终使出版社接纳他的意见未作改动,这在阶级斗争日趋激烈的年代是十分难能的。

先生一生清平守节,不图名,不贪财。学识渊博,书法词章超逸不凡,而于旧体诗功力尤深。刘海粟曾叹其品才傲群,称其诗为袁枚以来所未见。先生晚年作马诗以表心志:"岂在空群誉,谁知伏枥心?望云嗟一蹴,留骨笑千金。终抱超尘想,何烦执策临!龙媒今有几?松柏远萧森。"

先生毕生书稿文字,经抗战烽火和"文革"而散失大半,现从残存旧箧中整理出诗词 245 首,分为上编《紫琳腴阁诗稿》和下编《抱遗室诗录》。

目　　录

上编　紫琳腴阁诗稿

下编 抱遗室诗录

紫琳映閣詩稿

西霞游草①

将之佘山寄砚兄张瑞生(斌)并辞半淞园②之约

别情如水最殷殷,桂棹且停寄语君。

魂梦来时何处觅? 西霞深处问闲云。

半淞游兴未曾灰,争奈行装赋别催。

莫把食言讥爽约,山柴采得负荆来。

注:① 作于庚申四月十八日(1920 年 6 月 4 日)。时年十七岁,为现存最早诗作。西霞:上海松江"云间九峰"之一佘山别称。

② 半淞园:在上海南市今半淞园路一带。原是桃园,20 世纪初,由沙逊洋行买办沈志贤购筑为私家花园"沈园"。1918 年,沈又协同沪绅姚伯鸿,将园扩建成占地 60 馀亩水陆各半的半淞园,取名杜甫诗句"剪取吴淞半江水"之意。对外售票为银圆二角。园中有楼台亭阁厅堂花圃环水长廊,布置典雅。毁于"八一三"日机轰炸。现划入世博园区。

泗泾舟中同子甫兄作

放棹烟波里,苍茫景色开。
山随平野转^①,云压九峰来。
草木连天迥,风潮动地洄。
西霞深处冷,疑是入蓬莱。

注:① 山随平野转:李白《渡荆门送别》:"山随平野尽,江入大荒流。"

同石兄子甫由佘山之阴至绝顶

清境幽幽逸兴多,携将双屐陟层峨。
云迷古木无人迳,日淡深山冷竹坡。
风动不惊枝上鸟,雾开谁补屋边萝。
满怀尘俗都抛却,翘首青天一鹭过^①。

注:① 青天一鹭:杜甫《绝句》:"两个黄鹂鸣翠柳,一行白鹭上青天。"

凌佘山绝顶放歌

云间群峦此山首,浩气茫茫接北斗。
栏前襟挹^①泖^②成三,屏罗眼底峰为九。

玉屏(山名)风,横云(山名)薮。

山之山兮极其极,起伏俯仰靡不有。

青霭遥逐凤凰(山名)来,白云远控天马(山名)走。

长风大浪一目收,万象森森落陇亩。

噫吁嚱！我欲折若木③,持云帚④,

去尽苍苍茫茫尘与垢。

君不见荡胸层云生未了⑤,一声长啸空前后。

注:① 挹:酌、舀取。
② 泖:沪郊古湖名。亦称(上、中、下)三泖。跨松江、青浦、金山三境。
③ 若木:古代神话中树木名。《楚辞·离骚》:"折若木以拂日兮,聊逍遥以相羊。"清段玉裁《说文·木部》:"若木,即扶桑。"
④ 云帚:形容大扫帚。
⑤ 荡胸层云:杜甫《望岳》:"荡胸生层云,决眦入归鸟。"

同石君子甫及士彬由佘山江泛舟之辰山

山如图画水如油,对此能消万斛愁。

兰桨轻船两便捷,登仙何必泛瀛洲。

水到穷时尚未穷,荇菱①泛水逐清风。

我来也逐清风去,水影山光性悟空。

杭将一苇②入山来,山为迎人翠障开。

我既来斯宜小憩,清风淡日好徘徊。

一棹归来日色斜，白云苍霭逐红霞。

清光一片人三个，傍岸贪看野草花。

注：① 荇菱：水生草本植物。
② 杭：渡，渡船。《诗经·卫风·河广》："谁谓河广，一苇杭之。"

佘山夜泊

星月依山尽，松篁映水浮。

梦魂寻不得，蛙鼓满汀洲。

重　阳①并序

　　壬戌九日侍沈葵若夫子(悦向)至槎溪②，沈丈桔隐(元熙)邀同张梅孙(松坚)、张孟兰、沈冬一(绍裘)、王颂丹(鸿陛)等诸先生设会猗园。席上赋呈诸老。是日水榭赛神③，觞咏之外，时闻管龠之音，诗语盖纪实也。

深衣侧帽④尽风流，仿佛龙山续旧游⑤。

白舫青帘箫鼓晚，碧云红蓼水天秋。

尊前啸傲重惊座，林外高寒一倚楼。

手把茱萸⑥还细看，此情长为故人留。

注:① 作于 1922 年 10 月 28 日,重阳节。
② 槎溪:沪郊南翔。
③ 水榭赛神:水榭,水边亭阁。赛神,节庆祭祀活动。唐张籍《江村行》:
"一年耕种长辛苦,田熟家家将赛神。"
④ 深衣侧帽:上衣下裳相连,谓读书士人常礼服。
⑤ 龙山旧游:《晋书·孟嘉传》载:九月九日,桓温曾大聚佐僚于龙山。后
遂以"龙山会""龙山游"指重阳登高聚会。
⑥ 茱萸:植物,有香辛。重阳习俗佩茱萸祛邪恶。

李友仁修士北行将避暑于西山戏送此诗

凌晨爽气满西山,挂策翛然独往还。
试向万松深处坐,道心应比白云闲。

注:作于乙丑五月朔,即 1925 年 6 月 21 日。

琴波词①(十六阕)

菩萨蛮

天涯消息从谁问,兰窗②过雨春光嫩,何处系人
思,绿杨三两枝。

风细香痕软,愁影和帘卷,玉笛一声声,红笺③书
未成。

注:① 自题"强圉单阏孟春月",即丁卯正月(1927 年 2 月)所作。
② 兰窗:高雅雕花的窗栏。
③ 红笺:红笺纸。多用以题写诗词或作名片。

浣溪沙

玉笛吹残月影西,隔花又听子规①啼,梦中春色雾霏霏。

销尽愁魂弹尽泪,近来浑欲不胜②衣,倚栏人瘦药苗③肥。

注:① 子规:杜鹃鸟,常夜啼。杜甫《子规》:"两边山木合,终日子规啼。"
② 浑欲不胜:几乎不能承受。杜甫《春望》:"白头搔更短,浑欲不胜簪。"
③ 药苗:药草。

琐窗寒

小阁寒侵,无人独自,影儿厮守。闲情一缕,直系相逢时候。正堪怜、低徊绮窗①,黛眉未画春欲透。更琴南砚北②,衣香深染,怎生消受。

回首,魂销觳,伥万种思量,那人知否? 重寻巷陌③,忍睹碧桃④依旧。问巢痕、年年此间,几曾见得双燕傲⑤。对东风、泪点如珠,洒遍花枝瘦。

注：① 绮窗：雕画若绮，指精美窗户。

② 琴南砚北：天各一方。

③ 巷陌：街道。辛弃疾《永遇乐》："斜阳草树，寻常巷陌，人道寄奴曾住。"

④ 碧桃：千叶桃。花重瓣，不结实。

⑤ 僦：租赁。

洞仙歌

霞衣①试冷，向雕栊延伫②。怅望花间听莺语。柳丝缫③，软绿④绊瘦人腰，愁未醒、还被东皇系住。

蘅芜⑤消梦影，爇断心香⑥，一片银墙隔红雨⑦。早是病恹恹⑧，往事如尘，禁不得、几番追数。更莫把相思寄青琴⑨，恐弦底春波，乱人情绪。

注：① 霞衣：以云霞为衣。南朝梁沈约《和刘中书仙诗》："霞衣不待缝，云锦不须织。"

② 雕栊：雕花的窗棂。延伫：久立等待。《楚辞·离骚》："时暧暧其将罢兮，结幽兰而延伫。"伫，又作竚、伫，待也。

③ 柳丝：垂柳枝条，细长如丝。白居易《杨柳枝词》："人言柳叶似愁眉，更有愁肠似柳丝。"缫：抽丝。

④ 软绿：柔和的绿色，嫩绿。

⑤ 蘅芜：香草名。晋王嘉《拾遗记》："(汉武)帝息于延凉室，卧梦李夫人授帝蘅芜之香。帝惊起，而香气犹着衣枕，历月不歇。"

⑥ 爇断：烧断。爇，焚烧。心香：佛教语。中心虔诚，供佛焚香，喻真诚的心意。

⑦ 银墙：白色墙。红雨：落在花上的雨，指落花。

⑧ 恹恹：精神萎靡貌。

⑨ 青琴：古琴，青桐木制为佳。

浪淘沙

帘外晚风柔,挂上银钩①。翠云无定篆烟②浮。小院落花鹃梦醒,唤起春愁。

树影罨③红楼,一晌④凝眸。眉痕仍似旧时不⑤?不奈⑥相思人不见,见了还休。

注:① 银钩:新月。
② 篆烟:盘香的烟缕。
③ 罨:覆盖,遮住。
④ 一晌:指短时间。李煜《浪淘沙》:"梦里不知身是客,一晌贪欢。"
⑤ 不:同否。
⑥ 不奈:无奈。

满江红 海上书慨

如此乾坤①,禁几次盲风怪雨②。试③独凭,危栏辽望,寄愁何处?鼓角凌云雕鹗健,旌旗压浪蛟龙怒。伫④新亭⑤杯酒酹长天,空凄楚。

神州错⑥,谁教铸?金瓯⑦缺,谁能补?任戈船近泊,海潮东注。块磊胸中宁易尽,尘沙眼底无从数。怕茫茫、繁华劫后膡苍烟⑧,难回顾。

注：① 乾坤：乾坤。乾同乾。

② 盲风怪雨：暴风雨。盲风，疾风。《礼记·月令》："盲风至，鸿雁来，玄鸟归。"

③ 试：姑且。

④ 俵：任、随、听凭。

⑤ 新亭：在江苏江宁县南，三国吴建。《世说新语》："过江诸人，每至美日，辄相邀新亭，藉卉饮宴。周侯中坐而叹：'风景不殊，正自有山河之异。'皆相视流泪。唯王丞相愀然变色曰：'当共勠力王室，克复神州，何止作楚囚相对！'"后用以指怀念祖国或忧国伤时悲愤之情。

⑥ 错：琢磨、治理。《书·禹贡》："锡贡磐错。"孔传："治玉石曰错，治磐错。"磐错：磨磐用的石头。

⑦ 金瓯：国土、疆土。

⑧ 賸：同剩。苍烟：苍茫的云雾，指苍凉景象。

貂裘换酒醉书

　　着我人间世。问天公、穷愁付与，是诚何意？要信从来文字业，真把书生作抵。也不合、栖遑①如此。吾道非耶谁见谅，莽风尘、何必寻知己。惟饮酒，迮谋醉。

　　眼中世界微尘耳。但昂头、凌霄耸壑②，壮心未已。箧底留将明镜在，容借银河净洗。待照澈、群氛魑魅。休说笑啼都不管，算天教③、先领酸碱味④。还善养，浩然气⑤。

注：① 栖遑：忙碌不安，奔走不定。

② 凌霄耸壑：跳出溪谷直冲云霄。

③ 算天教：领略上天的意象教诲。算，料想、推测。

④ 酸醎味:人世间酸甜苦辣。

⑤ 浩然气:《孟子》:"吾善养吾浩然之气。"

行香子

恨也难休,病也难瘳①,数芳年更恁难留。江前篴脆②,栏外云浮。做一番风,一番雨,一番愁。

数尽文筹③,写尽银钩,笑无端卖尽绸缪④。相思刻骨,远望凝眸。甚旧时花,旧时月,旧时楼。

注:① 瘳:音抽,病愈。

② 篴脆:笛脆的古字。清脆的笛声。

③ 文筹:彩色有花纹的筹码。

④ 绸缪:情意殷切。《三国志·蜀先主传》:"先主至京见孙权,绸缪恩纪。"

孤雁儿

丁卯正月十二日①,与沈冬一先生访沈丈桔厂(庵)于春雨山庄。旧客远来,故人病亟,临榻存问,如在梦中。复出,坐于锄月仙馆。风雨萧寥,更触愁绪,倚此不觉辞之酸楚也。

犯寒晓踏清郊路,认几遍、经行处。寂寥池馆闭春愁,便似莺花无主。孤帏窣地②,残灯如豆,哽咽情难语。

　　隔年觞咏抟沙③聚，此梦影、虚回顾。芸窗④重倚恁凄凉，树卷萧萧风雨。茶烟未歇，丹囊⑤犹在，先觉琴书古。

　　注：① 丁卯正月十二日：1927 年 2 月 13 日。
　　② 孤帏：孤单的床帐，谓独居无偶。曹植《慰子赋》："入空室而独依，对孤帏而切叹。"窣地：下垂到地上。窣，从穴中猝出。
　　③ 抟沙：捏沙成团，喻易散。苏轼诗："亲友如抟沙，放手还复散。"
　　④ 芸窗：书斋。
　　⑤ 丹囊：红袋子。

钓船笛 别意

　　烛影黯屏山①，相对有言难说。几许恼人情处，问帘前明月。

　　春魂还拟逐春烟②，烟外笛声歇。且任绿波双桨，把离愁轻拨。

　　注：① 屏山：屏风。
　　② 春烟：春天的烟云岚气。

蝶恋花

　　帘卷东风香易烬。旧约抛残①、梦自难凭准②。听彻黄莺③人已困,幺弦④又迸相思引。

清泪不随芳酒尽。说是无情、怎向心头忖。春到江南春有恨,何郎⑤怯问梅花讯。

注:① 抛残:散乱、不完整。

② 凭准:凭证,依据。

③ 黄莺:黄莺、黄鹂。"黄莺别主":唐诗人戎昱与一官妓情属甚厚。时韩滉欲召置籍中,昱不敢留,作歌使妓在筵席上歌之。其词曰:"好去春风湖上亭,柳条藤蔓系离情。黄莺久住浑相识,欲别频啼四五声。"滉十分感动,命与妓百缣,即时归之。后以黄莺别主指女子与主人分离。

④ 幺弦:琵琶第四弦,借指琵琶。

⑤ 何郎:南朝梁诗人何逊,以文学著称。借指才高年轻男子。

生查子

昨夜杜鹃啼,兀自催人别。别后俨思量,何日思量讫。

香也不须添,花也无须折。今夜绣窗前,剩个纤纤月。

鹊桥仙

瑶阶雨过,玉箫声歇,悄向阑前凝睇①。晚来怎自懒添衣,倘遇着、吹花风起。

红灯欲上,翠炉重焫②,人在水沉香③里。楼中正待下帘时,问燕子、归来也未?

注:① 凝睇:注视。白居易《长恨歌》:"含情凝睇谢君王,一别音容两渺茫。"
② 炷:点上、烧。
③ 水沉香:即沉香。此香木之心浸水则沉。

误佳期 待燕

任汝香巢小筑,爱汝影儿相逐。朝朝飞出画檐时,有个人叮嘱。

日暮尚开帘,风絮帘前扑。今番怎又不归来,又向花间宿。

桂枝香 江楼眺望

长天倚剑,谩①把酒狂歌,吾将何适?万里奔鲸,蹴浪健雕盘碛②。丈夫意气休轻许,破河山、竞谁收拾。举头霄汉③,惊心风雨,暗愁难涤。

看此地群狐窟宅④。只自古平戎,书生无策。第一还须,问我几时投笔?大江旧绕孤城外,对苍烟、试听横笛。玉杯抛了,振衣⑤归去,暮潮声急。

注:① 谩:有一种随便不恭之意,姑且。
② 盘碛:盘旋在沙石浅滩之上。
③ 霄汉:银河,借指苍天。
④ 群狐窟宅:狐群穴居处,指作恶者聚居之地。
⑤ 振衣:抖衣去尘。《楚辞·渔父》:"新沐者必弹冠,新浴者必振衣。"

偷声木兰花

东风庭院蕉痕碧,雨向离人心上滴。小梦抛残,莺诉春寒莫倚阑。

望中只觉江峰远,旧事萦迴肠易断。一曲青吴①,琴语如丝细欲无。

注:① 青吴:东吴,指江南。喻吴侬细语的曲调。

《琴波词》自删二阙

蝶恋花

栏外平芜①人去远,细雨斜风,魂断愁难断。蹙损眉痕天不管,绿杨牢把柔肠绾②。

压酒恹恹谁作伴,薄暖轻寒,一任帘波展。寂寞芳庭春过半,梨云小梦③啼鹃唤。

注：① 平芜：草木丛生的原野。南朝梁江淹《去故乡赋》："穷阴匝海，平芜带天"。

② 绾：缠绕。唐张乔《寄维扬故人》："离别河边绾柳条，千山万水玉人遥。"

③ 梨云小梦：梦境。典出唐王建《梦看梨花云歌》："薄薄落落雾不分，梦中唤作梨花云。"后以"梨花云"、"梨云梦"、"梨花梦"指梦境。

满江红

友人有纵谈军事者，余亦低徊感慨，率谱此词。

　　一剑霜寒，汝肯把、头颅试否？看如此，妖氛历乱，那堪生受。匿影①空遭魑魅笑，翻身拌与蛟龙斗。听声声鼙鼓②震江来，洪潮吼。

　　敲不碎，秦人缶。饮不尽，刘伶酒。换几番风景，到何时候。大块芒芒③尘作障，中宵耿耿④星如斗。更披襟高阁噫长天，雄风陡。

注：① 匿影：隐藏形迹。

② 鼙鼓：军中所用小鼓和大鼓。鼙，小鼓。白居易《长恨歌》："渔阳鼙鼓动地来，惊破霓裳羽衣曲。"

③ 芒芒：广阔而模糊不清。芒，通茫。

④ 耿耿：明亮貌。

旧　作

　　霏霏梦雨杂灵风①，自有仙云护蕊宫②。
　　最怕人间回首看，桃花正作可怜红。

注：① 梦雨：细雨，毛毛雨。灵风：东风，春风。李商隐《重过圣女祠》："一春梦雨常飘瓦，尽日灵风不满旗。"

② 蕊宫：蕊珠宫，道教中的仙宫。

春　尽^①

小庭花落雨濛濛，无那^②销魂是病中。

莫问蘼芜^③江上月，有人横笛怨东风。

注：① 系二十年代旧作。

② 无那：无奈。

③ 蘼芜：香草名。又名蕲茝、茳蓠，即芎䓖苗。古诗："上山采蘼芜，下山逢故夫。"；南齐谢朓诗："相逢咏蘼芜，辞宠悲团扇。"

诗二首^①

悔将岁月等闲过，壮不如人老奈何？

蛮府虚闻留隽语^②，暮年枉自动怨歌^③。

柝传^④深巷寒更急，局数残棋先着多。

倚枕欲眠眠未得，起看霄汉众星罗。

注：① 作于丁卯二月既望，即 1927 年 3 月 18 日。

② 蛮府：西南边远地区。隽语：警句，耐人寻味的言辞。

③ 怨歌：悲歌。

④ 柝传：巡夜报更的木梆。唐欧阳詹《除夜长安客舍》："虚牖传寒柝，孤灯照绝编。"

年来龙性①已全驯，折向江湖老此身。

豪饮久停权学佛，故交渐少苦怀人。

门无伪客②堪称隐，室有残书未算贫。

剩把片心③勤拂拭，肯教明镜染微尘。

注：① 龙性：崛强难驯的性格。《宋书·颜延之传》："出为永嘉太守，延之甚怨愤，乃作《五君咏》，以述竹林七贤，山涛、王戎以贵显被黜。咏嵇康云：'鸾翮有时铩，龙性谁能驯。'"

② 伪客：行为诡诈的食客。汉王充《论衡》："子反好偷臣，孟尝爱伪客也。"

③ 片心：明净高洁的品格。南朝宋鲍照《白头吟》："直如朱丝绳，清如玉壶冰。"唐王昌龄《芙蓉楼送辛渐》："洛阳亲友如相问，一片冰心在玉壶。"

谐六自青岛旋里赋赠①

健鹘②排空天阙近，灵鳌③朝日海门④开。

岩间楼阁风云护，地外沧溟日月浮。

注：① 作于丁卯，即 1927 年。

② 健鹘：隼鹰。杜甫《义鹘行》："斯须领健鹘，痛愤寄所宣。"

③ 灵鳌：传说中巨龟，背负蓬莱之山而抃（鼓掌）舞。喻欢欣鼓舞。《楚辞·天问》："鳌戴山抃，何以安之？"

④ 海门：出海口，内河入海处。唐韦应物："海门深不见，浦树远含滋。"全诗极尽描绘青岛地域景色。

秋夜读曲^①

弦管萧疏^②江月明，西风偏与作愁声。

胡筲变尽开元^③曲，谁更忽忽拟渭城^④。

注：① 作者自注："旧作，甲辰长夏（1964 年农历六月）偶书。"

② 萧疏：萧凉稀疏。

③ 开元：唐玄宗年号。

④ 渭城：秦都城咸阳。唐王维《送人使安西》："渭城朝雨浥轻尘，客舍青青柳色新。劝君更尽一杯酒，西出阳关无故人。"因此，乐府《渭城曲》又称《阳关曲》。此曲分三段，歌词重复三遍，故称"渭城三叠"，又称"阳关三叠"。

春江花月系人思，仿佛荆驼^①又一时。

小扇单衫秋梦觉，残蝉凉曳碧山词^②。

注：① 荆驼：即荆棘铜驼。汉铸铜驼两座，置洛阳宫门外。晋索靖有远量，知天下将乱，指铜驼叹曰："会见汝在荆棘中耳。"喻世乱荒凉。

② 凉曳：悠长悲凉的叫声。碧山词：南宋词人王沂孙号碧山，为宋末词坛四大家。词风含蓄清峭，尤工咏物。有《碧山乐府》（一称《花外集》）词 64 首存世。

灯前法曲共谁听，历劫钧天醉未醒。

掩卷且寻今夜梦，酒香弦语满旗亭^①。

注：① 旗亭：悬旗的楼亭。此指酒楼，悬旗为酒招。

白下秋辞①

杨柳毿毿绾客愁②，水长天远易惊秋。

西风吹冷南朝梦③，箫鼓何人赛蒋侯④。

注：① 作者自注："右诗六首，丁卯七月（即 1927 年 8 月）中旬作。"白下：古地名，南京别称。

② 毿毿：垂拂纷披的细长枝叶。孟浩然《高阳池送朱二》："澄波澹澹芙蓉发，绿岸毿毿杨柳垂。"绾：缠绕、牵住。

③ 南朝梦：白下系南北朝时南朝故都，一派繁荣景象。此喻莺歌燕舞醉生梦死。

④ 蒋侯：汉末秣陵尉蒋子文逐盗死于钟山。三国孙权为其封侯立庙于钟山，改称蒋山。

鹤唳猿声梦未闲，太平乐府望刀环①。

新亭几见王丞相②，冷落城西幕府山③。

注：① 刀环：隐喻回归之意。《汉书·李陵传》："立政等见陵，未得私语，即目视陵，而数数自循其刀环，握其足，阴谕之，言可归还也。"

② 新亭几见王丞相：新亭在白下城南，三国吴建。王丞相即王导。《世说新语》："过江诸人，每至美日，辄相邀新亭，藉卉饮宴。周侯中坐而叹：'风景不殊，正自有山河之异。'皆相视流泪，唯王丞相愀然变色曰：'当共勠力王室，克复神州，何至作楚囚相对！'"

③ 幕府山：晋元帝渡江后，丞相王导建幕府于白下城北临江山上，因得名幕府山。山上多石，居人煅石取灰，又名石灰山。

最惊魂事最关情,惆怅寒飙①白下城。

莫听桓伊②三弄笛,来鸿去雁尽秋声。

注:① 寒飙:寒冷的大风。

② 桓伊:即"桓伊三弄"(弄音依)。《晋书·桓伊传》:"善音乐,尽一时之妙,……徽之便令人谓伊曰:'闻君善吹笛,试为我一奏。'伊是时已贵显,素闻徽之名,便下车,踞胡床,为作三调,弄毕,便上车去。"后琴曲《梅花三弄》即据此改编而成。全曲主调出现三次,故称三弄。

天阙岧峣天堑宽①,旌旗落日怕登坛。

广陵②南北秋涛壮,那便无人立马③看。

注:① 岧峣:高峻、高耸。曹植《九愁赋》:"践蹊隧之危阻,登岧峣之高岑。"天堑:天然的壕沟,指大江大河。此指长江。

② 广陵:扬州别称。

③ 立马:驻马,勒住马。

秦淮烟月送归舟,北顾茫茫但有愁。

寄语分司①诸将帅,秋风试上胜棋楼。

注:① 分司:分管、分掌。

秣陵①风雨晚凄凄,无赖②哀笳杂马蹄。

它日斜阳寻旧迹,半山亭上有猿③啼。

注:① 秣陵:即江宁县,曾称金陵、建业,今属南京。
② 无赖:无聊而使人厌。
③ 猨:同猿。

沪江秋感①

花月春江忆旧游,翩翩衣马总无愁。
谁知江水如春梦,转眼风涛欲变秋。

注:① 作者自注:"作白下秋词后更作此诗,丁卯七月二十八日记。"则当
在 1927 年 8 月 25 日前。

篝火如燐照海青①,百年吴楚撤藩屏②。
问谁知是狼胡③窟,但解新声唱后庭④。

注:① 海青:即雕的一种,叫海东青。此指传递紧急公文之驿者佩带的
符,代指驿道。
② 藩屏:屏障。
③ 狼胡:老狼。喻时局动乱,进退维谷,处境艰难。
④ 但解:只知道。后庭:亡国之音。典出南朝亡国之君陈后主作的《玉树
后庭花》。唐杜牧《泊秦淮》:"商女不知亡国恨,隔江犹唱后庭花"。

虚见防秋夜枕戈①,灾氛早已兆苍鹅②。
楼船历乱鲸鲵怒③,万里悲风卷白波④。

注:① 防秋:防备多事之秋。此指防备战事。枕戈:枕着兵器睡觉。《晋书·刘琨传》:"吾枕戈待旦,志枭逆虏,常恐祖生(祖逖)先吾着鞭。"谓杀敌报国,志坚情切。

② 苍鹅:喻国家有难。《晋书》:"董养字仲道,太始初,到洛下,干禄求荣。永嘉中,洛城东北角,步广里中地陷,中有二鹅,苍者飞去,白者不能飞。问之博识者,不能知。养闻,叹曰:'昔周时所盟会狄泉,此地也,卒有二鹅,苍者胡象,后明当入洛,白者不能飞,此国讳也。'"

③ 楼船:有楼的战舰,大战舰。历乱:凌乱。

④ 白波:白浪。

种种深愁不可删,茫茫浩劫未知还。

将军跋扈孙恩健①,那睹②旌旗壮百蛮。

注:① 将军:指晋末会稽王司马道子及其子元显。跋扈:骄横,强暴。孙恩:东晋末义军头领。琅琊人,字灵秀,世奉五斗米道。恩叔孙泰起事为官军所杀,恩流亡海岛,攻会稽、江口、临海、京口、建康,前后四年,兵败投水自尽,《晋书》有传。健:刚强、崛起。

② 那睹:不堪睹,不忍看。

江上寒云落日斜,绮阑惆怅听啼鸦。

千秋苦忆袁崧死①,沪垒萧萧开荻花②。

注:① 袁崧:东晋吴国内史。孙恩起义时,崧筑扈渎垒(在今上海)以为备,后城陷被杀。善音乐,歌《行路难》称当世一绝。博学,著《后汉书》百篇。

② 荻花:即芦荻花。

低徊身世已心惊,又况风前笛吹声。

词赋秋来更萧瑟,江关愁绝庾兰成①。

注:① 江关:此处借指沪江。杜甫《咏怀古迹》:"庾信平生最萧瑟,暮年诗赋动江关。"庾兰成:庾信(513—581),字子山,一字兰成,南阳新野人。南北朝文学家,善诗赋骈文,绮艳轻靡,与徐陵合称为"徐庾体"。

戊辰二月作①

黄云不食鲁山薇②,剩抱残编赋式微。

宇宙难教留圣域③,风尘都觉贱儒衣④。

昔年未经天将丧,今日真知道果非。

回首故城春色好,何人遗想到清沂⑤。

注:① 戊辰二月:1928 年 2 月 21 日至 3 月 21 日。
② 黄云:成熟稻麦。《周礼》以五云之物辨吉凶,黄云预兆丰年。薇:巢菜,又名野豌豆。《诗·召南·草虫》:"陟彼南山,言采其薇。"《史记·伯夷传》:"武王已平殷乱,天下宗周,而伯夷叔齐耻之,义不食周粟,隐于首阳山,采薇而食之。"此句喻丰年不食野菜。
③ 圣域:犹言圣人的地域。
④ 儒衣:读书人。《后汉书·儒林传论》:"其服儒衣称先生,游庠序"。
⑤ 遗想:对古人往事的怀想。清沂:水清可浴的沂水。《论语·先进》:"浴乎沂,风乎舞雩,咏而归"。宋林逋《池上春日》诗:"独有浴沂遗想在,使人终日此徘徊。"

却　寄

题尽鱼肌百幅笺①,珍珠密字寄缠绵。

江南谁遣②栽红豆,无那春风二月天。

注：① 鱼肌：鱼皮的纹理。此指"鱼子笺"，布目纸，产蜀地，名为香皮，有纹如鱼子。唐吴融诗："鱼子封笺短，蝇头学字真。"

② 遣：使，让。

喝火令

竹露①粘飞絮，梨云梦晚梅。禁他燕子一番催，似说日移花影，好把绮窗开。

语恐红鹦觉，情教紫蜨②猜，银炉③心字未成灰。还待裁书④，还待有人来，还待寄将书去，还待寄书回。

注：① 竹露：竹叶上露水。
② 紫蜨：紫色蝴蝶。蜨，同蝶。
③ 银炉：银香炉。
④ 裁书：裁笺作书。

蝶恋花 题邵珏声双红豆馆

红豆相思朝复暮，拈得成双、还是无凭据。写尽缠绵谁寄与，玉楼只隔销魂雨。

似水韶光①留不住，盼到春来、忍说春将去。南国东风吹杜宇②，泪痕湿遍黄金缕。

注:① 韶光:美好时光,常指春光,泛指光阴。

　② 杜宇:杜鹃鸟。传说古蜀国王杜宇,号望帝,治郫城,死后化为鸟,名杜鹃。

　　谁见眉痕^①千叠绉,蝴蝶飞来、有个商量否? 玉笛无声花影瘦,累人只是凭阑久。

　　莫道新愁还似旧,愁便如何、劝尽金尊酒。待到画屏^②春暖后,重教^③怜取双红豆。

注:① 眉痕:犹眉黛。古女子用黛画眉,因称眉为眉黛。

　② 画屏:《新唐书·后妃传上·太穆窦皇后》:"(父毅)画二孔雀屏间,请昏者使射二矢,阴约中目则许之。……高祖最后射,中各一目,遂归于帝。"

　③ 重教:重新,再一次。

生查子

　　才见好春来,已是愁春尽。到了杏花期^①,负却梅花讯^②。

　　只恐梦痕消,那怕眉尖损。拼得^③不相逢,长向心头忖。

注:① 杏花期:三月,杏花开放时节。

　② 梅花讯:梅花早春先杏花开放,故三月已不见梅花。

　③ 拼得:方言。舍得,不吝惜。

怀 友[1]

谁向花村觅旧蹊[2]，望中云树晚低迷。

有人闽峤[3]归来日，无那相思又浙西。天白兄由闽至

沪时，柏厓兄已遄返萧山。

注：① 作于戊辰五月十六，即 1928 年 7 月 3 日。
② 旧蹊：旧时小路，旧踪。杜甫《无家别》："贱子因阵败，归来寻旧蹊。"
③ 闽峤：福建多山地，指福建。

残莺雏燕影参差，日暮蘅皋[1]更系思。

怕听江南断肠句，可怜梅子已黄时。黄梅。

注：① 蘅皋：长有杜蘅（香草）的泽地。曹植《洛神赋》："尔乃税驾乎蘅皋，
秣驷乎芝田"。

听风听雨到黄昏，点检青衫半泪痕。

长笛一声歌一曲，江城难唤玉梅魂[1]。

注：① 玉梅魂：玉梅，白梅。苏轼《六年正月二十日复出东门》："长与东风
约今日，暗香先返玉梅魂。"

云门谁许证因缘，才调清奇有玉川①。

此日梦醒更相忆，东风帘外飏茶烟②。卢君楚宝与茶神交多时，虽未一见时后相念也。

注：① 玉川：井名，在河南省济源县泷水北。唐卢仝喜饮茶，尝汲井泉煮茶，因自号"玉川子"。后常以玉川代指茶。
② 茶烟：泡茶时上浮的雾气。

戊辰九日①之槎溪，与沈冬一、王颂丹二先生登鹤槎山，旋治棋酒而归，赋诗次东坡黄楼韵

昔梦如尘岂堪说，江头又听冲飙②发。

西来③欲问旧重阳，腾驾何辞路危滑④。

槎上故人互招邀，已办青鞋⑤与布袜。

望中十里无烟尘，如水秋光堪一呷⑥。

先向黄花⑦赌酒来，醉酣竞掷刘伶锸⑧。

抠衣⑨跃上一拳山，如此登山堪笑杀。

山以鹤名鹤不归，独使瞿昙⑩守枯刹。

我亦华鬘小劫身⑪，情条意绪尚抽轧⑫。

沉沉梦影佛何知，怜我眉峰万愁压。

下山且复缘溪行，溪岸时时见缺齾⑬。

从今往事莫重论，还看逍遥水中鸭。

何时却逐紫髯翁，一櫂⑭扁舟去苔雪⑮。

注:① 戊辰九日:是日重阳节,即 1928 年 10 月 21 日。

② 冲飙:急风、暴风。

③ 西来:向西来到。南翔槎溪在沪西。

④ 腾驾:驾着奔驰的车马。危滑:不平坦。

⑤ 青鞵:草鞋。青鞵布袜,借指隐者或平民生活。

⑥ 呷:吸饮,喝。

⑦ 黄花:菊花。

⑧ 刘伶锸:《晋书·刘伶传》:"伶字伯伦,沛国人,竹林七贤之一。纵酒放达,常乘鹿车,携一壶酒,使人荷锸相随,曰:'死便埋我。'"锸,掘土用锹。喻放浪不羁,达观生死的名士风范。

⑨ 抠衣:提起衣服前襟。

⑩ 瞿昙:释迦牟尼的姓,指如来佛。

⑪ 华鬘小劫身:芸芸众生。华鬘,古印度人装饰物,无问男女贵贱,皆此庄严。小劫身,佛道中语,劫(劫波)为假设计时之号,人寿轮转为一小劫。

⑫ 情条意绪:纷乱的情绪。唐司空图《春愁赋》:"郁情条以凝睇,袅愁绪以伤年。"抽轧:拔出挤压,意为波动。以上二句意思是我亦是芸芸众生中的一员,思想情绪一样也会有烦恼。

⑬ 缺齾:缺损。韩愈《征蜀》:"更呼相簸荡,交斫双缺齾。"

⑭ 櫂:棹,即桨,用桨划船。

⑮ 苔雪:苔,青苔、地衣。雪,水流相激发出砰訇之声。言人迹罕至处。

附:苏轼《九日黄楼作》

去年重阳不可说,南城夜半千沤发。

水穿城下作雷鸣,泥满城头飞雨滑。

黄花白酒无人问,日暮归来洗靴袜。

岂知还复有今年,把盏对花容一呷;

莫嫌酒薄红粉陋,终胜泥中千柄锸。

黄楼新成壁未干,清河已落霜初杀。

朝来白雾如细雨，南山不见千寻刹；

楼前便作海茫茫，楼下空闻橹鸦轧。

薄寒中人老可畏，热酒浇肠气先压。

烟消日出见渔村，远水鳞鳞山礐礐。

诗人猛士杂龙虎，楚舞吴歌乱鹅鸭。

一杯相属君勿辞，此景何殊泛清霅。

槎溪感旧并序①

　　槎溪一曲，余旧游地也。每届春秋佳日，命俦啸侣②，送抱推襟③，风月留连，琴尊跌宕。不数辋川之乐④，奚翅桐台之懽⑤。曾几何时，境迁情异。赤虬⑥既去，岂长天之可攀；黄鹤⑦无归，望浮云其靡极⑧。今兹重来旧地，言念故人，陟降山椒⑨，儃佪水浒⑩。斜风细雨，嗟邻笛⑪之流哀；宿草寒烟，揽前尘而如梦。流年易逼，胜会无常。不尽向子之悲，莫遗江郎⑫之恨。潸然思旧，聊尔成诗。

芒芒平野驾飙轮，又访槎溪十里春。

烟雨欲迷前度客，莺花倘识再来人。

云封蕙帐无仙兰，香冷蒲团有梵尘。槎溪多废寺，猗园旧设禅堂，今亦荒寂矣。

愁向东风思往事，等闲已似梦中身。

注：① 作于 1929 年春。

② 命俦啸侣：呼唤同伴。曹植《洛神赋》："尔乃众灵杂遝，命俦啸侣，或戏清流，或翔神渚。"

③ 送抱推襟：指真诚相待。南朝张充与王俭书："举世皆谓充为狂，充亦何能与诸君道之哉？是以披闻见，扫心胸，述平生，论语默，所以通梦交魂，推襟送抱者，其唯丈人而已。"

④ 不数：不亚于。辋川乐：陕西蓝田有辋川，又名辋谷水。王维晚年筑别业于此，水环舍下，风景奇胜，与友裴迪泛舟往来其间。

⑤ 奚翅：何止，岂但。《孟子·告子下》："取食之重者与礼之轻者而比之，奚翅食重？"桐台之懼：桐台，铜雀台。建安十五年曹操在今河北临漳县西南建铜雀、金虎、冰井三台。铜雀台高十丈，屋一百二十间，置歌舞妓，为欢娱之所。曹公临死，谓婕妤妓人曰："汝等时时登台，望吾西陵墓地。"

⑥ 赤虬：赤色虬龙，传说中的无角龙。旧说"有角曰龙，无角称虬"。柳宗元《龙城录·李太白得仙》："元和初有人自北海来，见太白与一道士在高山上笑语久之。顷，道士于碧雾中跨赤虬而去。太白耸身健步追，共乘之而东去。"

⑦ 黄鹤：武汉蛇山西北有黄鹤矶，传说仙人子安乘黄鹤过此。唐崔颢《黄鹤楼》："黄鹤一去不复返，白云千载空悠悠。"

⑧ 靡极：无极。

⑨ 陟降：升降，上下。山椒：山陵。

⑩ 儃徊水浒：徘徊在水边。

⑪ 邻笛：晋向秀《思旧赋》："余与嵇康、吕安，居止接近，其人并有不羁之才。然嵇志远而疏，吕心旷而放。其后各以事见去……余逝将西迈，经其旧庐，于是日薄虞渊，寒冰凄然。邻人有吹笛者，发声寥亮，追思曩昔游宴之好，感音而叹。"后以邻笛借喻追昔怀旧。

⑫ 江郎：南朝梁江淹，字文通。出身孤寒，历仕宋、齐、梁三代，官至金紫光禄大夫，封醴陵侯，以文章见称。晚年才思衰退，无佳句，时人谓之江郎才尽。

白帢①青衫最少年，名园暇日易流连。

定交便值云门侣，谈鬼能知玉局仙。壬戌春，余与沈桔隐、张梅孙、沈冬一、王颂丹先生等订交猗园。桔隐丈见余便有出一头地②之叹。

山霭晴吹兰径雨,水风掠起半垆烟。

伤逝转眼成消歇③,谁叩槎东一尺天④。桔丈已于

去年归道山,馀亦多已转徙他方。

注:① 白帢:古代未仕者戴的白帽。

② 出一头地:宋欧阳修《与梅圣俞书》:"读轼书,不觉汗出。快哉快哉!

老夫当避路,放他出一头地。"

③ 消歇:消散、休止。

④ 一尺天:夸张词,一尺天地。形容地域小。

题秋蝶图

允之先生自苏省归,倩人作《秋蝶图》以寄意。己巳夏,余游嵺城,承以此图属题。余携至沪上,每欲展图,辄觉有荒寒萧索之意萦绕于心目间,恐语焉不祥,卒未敢有所书也。今岁九月二十三日,先生忽捐馆舍,余抚图出涕,以为竟负故人。越三十馀日,为忍痛题之,聊以报知己于身后,不能复计工拙矣。乌乎!是处斜阳,君其安往? 何年芳草,魂兮归来。敢期赴节之泉,空比伤心之赋云尔。辛未十月廿七日①叶琦并识。

飘尽愁红绿不肥②,江南风景是耶非。

低徊一角平桥路③,何处斜阳晒粉衣④。

注：① 辛未十月廿七日：1931 年 12 月 6 日。

② 愁红绿不肥：即"愁红惨绿"，败花残叶。愁红，经风雨摧残的花。

③ 低徊：徘徊。屈原《九章·抽思》："低徊夷犹，宿北姑兮。"平桥路：没有弧度的桥。

④ 粉衣：姣好衣服。

秋斋^①梦影不成团，早当南华^②说法看。

只道晚香^③堪作伴，疏丛聊耐一分寒^④。

注：① 秋斋：秋日的书斋。李商隐《偶成转韵》："怜我秋斋梦蝴蝶。"

② 南华：《南华真经》省称，即《庄子》。庄周蝴蝶梦又谓南华梦。

③ 晚香：指菊花。宋韩琦有"且看黄花晚节香"句。

④ 疏丛：生在山坡石缝中的野草。一分寒：些许寒意。一分，一些、少许。

香红嫩绿^①过无痕，薄梦原知不待温。

谁料西风刚一霎，紫灰^②和雨送秋魂。

注：① 香红嫩绿：新鲜花草。指美好时光。

② 紫灰：传统在人死之后焚烧旧衣物送行。紫代表官服。《世说新语》："丈夫处世，当带金佩紫。"

何待招魂到荔枝，寒花衰草已相思。

三生留得翩翩影，肠断临川谢逸^①诗。

注：① 谢逸：北宋临川人，字无逸，号溪堂，与弟薖号"二谢"。诗风清新隽拔，曾赋蝶诗三百首，故人称"谢蝴蝶"。

附:黄允之先生妹婿宝山沈冬一先生绍裘次韵之作

谁道秋风鲈鳜肥,六朝往事已全非。
生绡半幅留残影,剩粉零脂认蜨衣。

飘红舞雪幻成团,鹿梦蕉心一例看。
莫怪泉明千日醉,霜高篱菊也知寒。

莲花说法了无痕,卢女湖头月不温。
解识南华经卷字,江天只有鹧鸪魂。

倚遍西风数遍枝,绮窗红豆最相思。
辽阳归去人安在,毕竟含愁白也诗。

寄周策鲁江北①

去路云深水亦深,别时草草又成今。
半帆春雨河梁梦②,一笛秋风③故国心。
书剑④远游终磊落,江湖客思易侵寻。
谁当怜取平生意,极目长天问好音。

注：① 作于癸酉初秋，1933 年 9 月。周策鲁：字公滕，江苏宜兴人。

② 河梁梦：李陵《与苏武》诗之三："携手上河梁，游子暮何之。……行人难久留，各言长相思。"后以河梁指送别之地。

③ 一笛秋风：喻轻微的风声。唐杜牧《题宣州开元寺水阁》："深秋帘幕千家雨，落日楼台一笛风。"

④ 书剑：书和剑，指能文能武。唐陈子昂《送别出塞》："平生闻高义，书剑百夫雄。"书剑又可指读书为官，仗剑从军。时周赴任苏北。

柏厓录示吴中东禅寺僧林酒仙诗，有"他时若到无波处，还似有波时用心"之句，戏书数语，以申其意。 癸酉十月①

心是中流柱②，身是坚牢船。

风波③不风波，于我皆恬然④。

有风波处来，无风波处去。

回首望风波，佛在风波处。

蜉蝣⑤偶相值，万窍⑥忽同鸣。

阳侯与屏翳⑦，安见皆无情。

长空千片云，沧溟一盂水⑧。

无波复无风，天地可怜死。

船柱忽捐弃，泡影岂荡摩。

凭虚友⑨长笑，何物名风波。

我有无弦琴⑩，抚向佛弟子⑪。

天风与海涛，觉来但如此。

注:① 癸酉十月:1933 年 11 月下旬。

② 中流柱:喻坚强,有所恃而不恐。中流,中道、正道。

③ 风波:风浪,喻动荡不定。《庄子·天地》:"我之谓风波之民。"唐成玄英疏:"夫水性虽澄,逢风波起;我心不定,类彼波澜,故谓之风波之民也。"

④ 恬然:安闲,胸中恬淡。恬,安然、安静、淡然。

⑤ 蜉蝣:朝生夕死之微生物。喻生命短促。

⑥ 万窍:无数孔穴。《庄子·齐物论》:"夫大块噫气,其名为风。是唯无作,作则万窍怒号。"

⑦ 阳侯:传说中波涛之神。阳侯之变是谓水灾。屏翳:传说中风云雷雨之神。

⑧ 长空、沧溟:天空与海洋。

⑨ 凭虚友:假设人名。凭,依托;虚,无。谓本无此人。与张衡《西京赋》中凭虚公子,司马相如《子虚赋》中子虚、亡是公、乌有先生同义。

⑩ 无弦琴:没弦之琴。典出陶渊明,有闲适归隐之意。南朝梁萧统《陶靖节传》:"渊明不解音律,而蓄无弦琴一张,每酒适,辄抚弄以寄其意,"

⑪ 佛弟子:佛门信徒通称。

除 夕①

浮幢②浩劫几时销,风雪关河③岁又凋。

何忍伤心思佳日,最难挥手送今宵。

凄凉骨肉无家别,惨淡旌旗入望遥。

孤屿一楼宁作恋,闻鸡旦④欲听春潮。

注:① 作于丁丑除夕,即 1938 年 1 月 30 日。

② 浮幢:飘浮的经幢,代指国家动荡。宋王安石《次前韵寄杨德逢》:"如输浮幢海,灭火忽相隔。"

③ 关河:关山河川。宋陈师道《送内》:"关河万里道,子去何当归"。

④ 鸡旦:天明之前。

金缕曲①

戊寅正月十七日己卯，阴雨，午后微晴。检点旧所为词，觉今时无此闲情逸致矣。因取宋人词读之，悲慨身世，遂亦赋《金缕曲》一阕。

病骨恹恹②久。沉连番、零风断雨，枕边消受。乍忆画堂双燕子，正是归来时候。只门巷、犹堪寻否？强对花枝窥镜影，怨鬓天、梦蹙春痕瘦。思往事，泪盈袖。

微波小阁重回首。更何人、殷勤见得，麴尘③吹皱。化蝶曾惊千劫过，难觅韶光似旧。总怅触④、柔魂销毂。帘外轻寒箫语静，祝东风、莫再生红豆⑤。还自劝，一尊酒。

注：① 作于1938年2月16日。
② 恹恹：精神萎靡貌。唐刘兼《春昼醉眠》："处处落花春寂寂，时时中酒病恹恹。"
③ 麴尘：即麴尘。酒曲上所生菌，淡黄如尘。借指初春嫩柳条。前蜀毛文锡《虞美人》："垂杨低拂麴尘波。"
④ 怅触：触动，感动。
⑤ 红豆：相思子。王维《相思》："红豆生南国，春来发几枝。劝君多采撷，此物最相思"。

水龙吟

正月十八日庚辰,晴,颇感岑寂,重检词谱,填《水龙吟》一阕。①

听潮听雨听风,低徊江路魂先断。春光几日,梨云梦小,衣香未浣。才拂琴弦,试修眉谱,乍惊离怨。恨花间蜨瘦,柳边莺嫩,空诉与、情无限。

珍重薄寒轻暖,数行程、寄书休懒。归期细问,料应难说,岁华又晚。着意丁宁,终教惆怅,那堪留恋。剩蘅皋②欲暮,绿波影里,望孤帆远。

注:① 作于1938年2月17日。
　② 蘅皋:长有香草的沼泽。曹植《洛神赋》:"尔迺税驾乎蘅皋,秣驷乎芝田。"

玉声见示照答以四诗①

尚有今身待结缘,此心转笑未成仙。
低徊乍记云璈曲,弹指微尘②又十年。

注:① 作于戊寅六月廿二,即 1938 年 7 月 19 日。
② 微尘:佛教语。色体之极小者称极尘,七极尘谓之微尘,极细小尘埃。
弹指微尘:一转眼,一瞬。

入世何从问宿因^①,相逢但觉性情真。

却怜种出双红豆^②,还向东风祝别人。

注:① 宿因:前世因缘。
② 双红豆:邵玉声先生署其斋曰"双红豆馆"。

对影何曾较瘦肥,南华蝶梦只依稀。

万花如海难轻扑,但傍春风惜粉衣^①。

注:① 粉衣:粉色衣裳。

最风流亦最高寒,天际银云月里看。

我自琼楼深处住,何人肯并玉阑干。

送元龙南行^①

海色苍茫天地秋,惊涛还与送扁舟。

此行莫问东坡讯^②,饱饭何堪话惠州。

注:① 作于戊寅八月廿五,即 1938 年 10 月 18 日。
② 东坡讯:苏东坡晚年被贬惠州。

来去劳劳此人身,南天遥望正烟尘。
相期笑听归时语,沧海屠鲸①大有人。

注:① 屠鲸:抵抗强敌。

八声甘州①

奈金尊酒满画楼空,凄然对长亭。望愁云万叠,寒潮千里,冷月三更。记得那时去也,欲语已销声。惟盼有鹃处,密与丁宁。

忍说忽忽行远,念青溪杨柳,未便关情。怕东风无赖,偏惹斗轻盈。但须臾、露浓烟暖,又绿波、如梦送浮萍。将谁诉,此茫茫地,误了今生。

注:① 作于己卯初春,1939 年 3、4 月间。

诗四首

柏厓、天白自杭州回,天白寄余书且讯之曰:"书楼株守黄金屋乎？颜如玉乎？柏厓得佳帖二本，仆取其一。小乔尚在，谁是周郎？"书词迷离惝恍，因戏以此诗报之。

便教云水蹔勾留[①]，草草才能四日游。
我亦西湖曾识面，漫劳夸说到杭州。

注：① 蹔：同暂。勾留：逗留，停留。白居易《春题湖上》："未能抛得杭州去，一半勾留是此湖。"

舞鹤惊鸾眼不迷，辎轩[①]待访浙东西。
湖州倘许添新录，翠墨千金重品题。

注：① 辎轩：轻便的车。辎，同辒。

名书信与美人同，洗出瑶波字字工。
真个小乔能属我，一双翠管祝东风。

银烛光深玉漏迟，读书何意笑人痴。
须防仙侣成相识，妬煞蓬山小宋词[①]。

注：① 小宋词：北宋宋祁作的词。词风清丽，因词句"红杏枝头春意闹"，世称"红杏尚书"。蓬山：尚书、秘书官职的别称。宋祁与兄宋郊世称大小宋。

复作绝句四首①

　　复得天白书云："卿语自佳,我辈杭州亦佳,帖亦佳。念君转复使人情绪劣,当来此饮酒一消散也。"笺尾柏兄书云："心绪虽恶,犹望尔来饮酒。"重有此作,为二兄解闷。

　　　　西湖乍去乍归来,曾见亭亭一树梅。
　　　　数向春风应薄怒,为谁盼到海棠开。

注:① 作于己卯正月初十,即 1939 年 2 月 28 日。

　　　　新诗多管未全差,别样深情寄墨华。
　　　　界就朱丝传彩笔,要他内史①学簪花。

注:① 内史:为官从政的泛称。

　　　　等闲莫笑太誊腾,弄翰镌华一例能。
　　　　若借书评评论我,乌衣子弟①总骄矜。

注:① 乌衣子弟:东晋都城乌衣巷内王、谢二大望族子弟,喻高贵子弟。

生小痴顽费护持,忍教为我太心驰。

此来愿乞醇醪[1]饮,醉到花柔月嫩时。

注:① 醇醪:味厚的美酒。

寄友人[1]

江南江北莫云[2]浮,一舸亭亭[3]载别愁。

何处箫声吹梦醒,画桥[4]明月近扬州。

注:① 作于 1939 年。友人即周策纵。
② 莫云:暮云。莫,通暮,日落傍晚时分。
③ 亭亭:孤伶远去貌。
④ 画桥:雕饰华丽的桥,扬州二十四桥。杜牧《寄扬州韩绰判官》:"二十四桥明月夜,玉人何处教吹箫。"

小诗五绝奉酬晓城先生[1]

神交何意到涪翁[2],越水吴山一雁通。

应笑未除年少气,书衔[3]先自学张充[4]。张充与王俭书自称吴国男子,余寄先生诗所署亦复乃尔。

注:① 诗作于"己卯收灯后一夕",即 1939 年 3 月 9 日。
② 涪翁:宋黄庭坚谪涪州别驾,因自号"涪翁"。黄晓城先生同宗,借指先生。

③ 书衔:书信开头之自谓。

④ 张充:南朝齐梁间文学家。

此心各已赴谁边,想到奇缘一粲然。

公未颓唐吾未老,忘形①算是两中年。先生诗札中自
笑其老,而云老拙何修获此神交至友。

注:① 忘形:超然物外,忘己形体。忘年交。

旧游烦忆沪江云,未及亲题白练裙①。

莫问十三年外事,生涯多愧郝参军②。先生言丙寅曾
寓沪上。案,先此二年,余已强驱尘事矣,尔时缘殆未至,故无由相见也。

注:① 白练裙:白绢裙。南朝宋羊欣,年十二作隶书,为王献之所爱重。
欣着新绢裙昼寝,献之见之,书裙数幅而去。欣加临摹,书法益工。

② 郝参军:晋代郝隆。古俗七月七日晾衣晒书。《世说新语·排调》:"郝
隆七月七日出日中仰卧,人问其故,答曰:'我晒书'"。喻诗书满腹,学识渊博。
苏辙《初闻得校书郎》:"读书犹记少年狂,万卷纵横晒腹囊。"

疏窗寒雨晚潇潇,极目真怜驿路遥。

不待骆丞①传旧句,梦魂已趁浙江潮②。承惠赠《临海
集笺注》。

注:① 骆丞:唐骆宾王,曾任临海丞,故称。晓城先生校刊骆宾王《临海
集注》。

② 浙江潮:钱塘潮。晓城先生为浙江义乌人。

旧歌红豆最堪听,流播相思笔未停。

一望盈盈烟水外,传书犹费董东亭。董进士潮赋红豆树歌,传诵都下,称红豆诗人。余与先生获订神交,实董柏厓君为之绍介,故至今犹为两家作骑驿也。

病中得董柏厓手书告别,黯然销魂,赋此追送

闻到杭州次越州,飘蓬身世愧轻鸥①。

定知十日烟波里,半是乡心半旌愁②。

注:① 轻鸥:一名鹥,水鸮,随潮上下。
② 旌愁:表明忧愁。

可堪尘境各栖栖①,恨事都从别后提。

我亦此身如冷燕②,一巢风雨强衔泥。"此后闲门冷燕,不知飞傍谁家。"柏兄书中语也。

注:① 栖栖:忙碌,不能安居貌。《诗·小雅·六月》:"六月栖栖,戎车既饬。"
② 冷燕:清闲冷落的燕子。

寄 友①

晓风疏雨掠窗前,梦影低徊亦可怜。

尘海波涛浮一叶，云门②香火冷三年。

吹竽南郭③愁新曲，食粟东方④虑俸钱。

相见知应各惆怅，读书虚拟小山篇⑤。

注：① 作者自注："己卯二月廿九日"，即1939年4月18日。

② 云门：山门。杜甫《惠义寺送王少尹赴成都》："云门青寂寂，此别惜相从。"

③ 吹竽南郭：滥竽充数，典出《韩非子·内储说》。

④ 食粟东方：《汉书·东方朔传》："朔给驺朱儒，曰：'上以若曹无益于县官，耕田力作固不及人，临众处官不能治民，从军击虏不任兵事，无益于国用，徒索衣食，今欲尽杀若曹。'朱儒大恐，啼泣。朔教曰：'上即过，叩头请罪。'居有顷，闻上过，朱儒皆号泣顿首。上问：'何为？'对曰：'东方朔言上欲尽诛臣等。'上知朔多端，召问朔：'何恐朱儒为？'对曰：'臣朔生亦言，死亦言。朱儒长三尺馀，奉一囊粟，钱二百四十。臣朔长九尺馀，亦奉一囊粟，钱二百四十。朱儒饱欲死，臣朔饥欲死。臣言可用，幸异其礼；不可用，罢之，无令但索长安米。'上大笑。因使待诏金马门，稍得亲近。"意指俸微禄薄，生活窘困。

⑤ 小山篇：文体名，指淮南小山的文章，文辞奇异，悱恻动人，今仅存《招隐士》一篇。汉王逸《招隐士序》："昔淮南王（刘）安，博雅好古，招怀天下俊伟之士，自八公之徒，咸慕其德而归其仁。各竭才智，著作篇章，分造辞赋，以类相从。故或称小山，或称大山，其义犹诗有小雅、大雅也"。

空谷①相寻会有时，先将意绪报君知。

俗喧难了偏耽病，新事无多靳卖痴②。

花影帘前频泛酒，潮声枕上促题诗。

绿荫如水薰风③起，试认江湖杜牧之④。

注：① 空谷：空旷幽深山谷，指贤者隐居之地。

② 靳：吝惜。卖痴：宋时吴中民俗，除夕小儿绕街呼叫卖痴，意将痴转移给别人。

47

③ 薰风:和风,春风,初夏东南风。《吕氏春秋·有始》:"东南曰薰风。"

④ 江湖:远离朝廷,逍遥于适性之所。宋范仲淹《岳阳楼记》:"居庙堂之高,则忧其民;处江湖之远,则忧其君"。杜牧之:唐杜牧,杜佑之孙,世称"小杜",存有《樊川文集》。

忆旧游_{中秋}

己卯中秋①,雨后见月,调寄《忆旧游》。

念何时雨歇,可有人来,正恁关情。乍喜痴云敛,露红霞一角,初试新晴。小风暗漾罗幕,枕上酒微醒。漫②镜影偷窥,花丛悄立,谁伴吹笙。

盈盈③。在何许,正待撤银缸④,细与端凝。已是团圞⑤夜,甚瑶光依约,犹掩云屏。玉绳槛外低转,还恐薄寒生。且笑下珠帘,年年但祝长月明。

注:① 己卯中秋:即 1939 年 9 月 27 日。
② 漫:模模糊糊。
③ 盈盈:形容氛围、情绪美好。
④ 银缸:银白色灯盏、烛台。
⑤ 团圞:圆貌。又意团圆,指中秋节。

感　怀①

衰草应怜词客尽，尺波②肯为少年留。

江山破梦惊尘劫，风雨归魂惜旧游。

注:① 作于己卯九月初七,即 1939 年 10 月 19 日。
② 尺波:一尺之水微波,喻人世短暂。陆机《长歌行》:"寸阴无停晷,尺波岂徒旋。"

重阳节后寄包天白上杭①

佳节忽忽梦亦惊，浦楼谁与话三更。

风横野岸无人迹，月坠霜天有雁声。

篱下黄花虚酒伴，望中红树阻江程。

恁君回首登高处，千里秋河绕故城。

注:① 作于己卯重阳后一日,即 1939 年 10 月 22 日。

闻秣陵近事有感[①]

新蒲细柳[②]为谁容,回首留都[③]意倍慵。

筹策何人开幕府,渡江有寇满卢龙[④]。

高楼冷落看残局,古寺荒凉易晚钟。

王气东南今在否?废兴愁问六朝松[⑤]。

注:① 作于庚辰二月,即 1940 年 3 月 30 日(二月廿二日)南京汪伪政府成立之后。秣陵:南京别称。

② 新蒲细柳:杜甫《哀江头》(作于安史之乱后一年):"江头宫殿锁千门,细柳新蒲为谁绿。"

③ 留都:古代迁都后,常于旧都设官留守,称留都。明建都南京,成祖迁北京,故称南京为留都。

④ 卢龙:古地名,今河北省唐山承德一带。

⑤ 六朝松:南京城内(在今东南大学内)有 1 500 年前南朝梁武帝手植桧柏。

乾坤风雨剧凄然,半壁河山更可怜。

烽火忍看天宝日[①],册文又读靖康年[②]。

未收廷尉逃苏峻[③],不死中书惜褚渊[④]。

谁本佳人甘作贼,须知冤海已难填。

注:① 天宝:唐玄宗年号。天宝十四年(公元 755 年)安禄山叛乱。

② 靖康:宋钦宗年号。钦宗(赵桓)在位仅一年(1126 年)降金,徽、钦二宗

北掳,北宋亡,史称"靖康之难"。

③ 苏峻:东晋成帝年间,与镇西将军祖约叛,世称苏峻之乱。

④ 褚渊:南朝宋时与袁粲同辅苍梧王。后附萧道成,合谋代宋,建立南齐,封南康郡公。时人称:"宁为袁粲死,不作褚渊生。"

旌旗空传出石头,汉家陵阙已蒙羞。

陷床应忆桓南郡①,击楫还期祖豫州②。

中座衣冠谁洒泪,春城草木岂无然。

栖雅流水秦淮路,惨淡东风早作秋。

注:① 陷床:夺位。床,坐具。桓南郡:东晋桓玄,桓温子,袭爵南群公。公元403年代晋自立,国号楚。未几,兵败被杀。

② 祖豫州:即祖逖。宋王之道《次韵程德远登清淮楼》:"谁能不讨清河朔,誓楫当期祖豫州。"

抗容几辈走黄沙,破帽疲驴见日斜。

故垒青燐犹有鬼,荒原黔首半无家。

西风待惜金城柳,南国应悲玉树花。

我亦欲穷天下力,龙幡重与奠京华。

秋兴用少陵韵①(存五首半)

鸡栖恶木②遍成林,薜荔山阿枳棘森③。

大地风饕④延野火,明河星碎沍重阴⑤。

旄头⑥落日征人泪，剑气干霄⑦志士心。

安得模糊子璋血⑧，替他鱼肉⑨上刀砧。

注：①《秋兴用少陵韵》原八首，步杜甫《秋兴八首》韵，今存五首半。《秋兴八首》是杜甫在唐大历元年(公元 766 年)流寓四川夔州时所作的一组七言律诗。

②鸡栖：即皂荚树。杜甫《恶树》："枸杞因吾有，鸡栖奈汝何？"恶木：贱劣之树，多棘刺。此指鸡栖。

③薜荔：木莲，香草，常绿藤，缘木而生。山阿：山中曲处。屈原《九歌·山鬼》："若有人兮山之阿，被薜荔兮带女萝。"枳棘：枳木和棘木，系恶木。

④风饕：狂风暴。

⑤明河：天河。沍重阴：阴云密布，如同凝结住了。沍，冻结。

⑥旄头：昂星。《汉书·天文志》："昂曰旄头，胡星也。"指边塞。

⑦剑气干霄：战斗士气冲云霄。剑气，剑的光芒。

⑧子璋血：子璋，段子璋，唐将领，剑南节度使。公元 761 年谋反，遭西川节度使崔光远擒杀。杜甫《戏作花卿歌》："子璋髑髅血模糊，手提掷还崔大夫"。

⑨鱼肉：喻任人蹂躏宰割。《史记·项羽本纪》："如今人方为刀俎，我为鱼肉，何辞为？"

衰草梢头珠露斜，刹那还借日光华。

于田①苦缮京城甲，有国危于弱水槎②。

坐使③域中多敌垒，那须④塞上怨胡笳。

残红冷艳⑤依稀是，颇着当年帝子花⑥。

注：① 于田：于，取。取土。

② 弱水槎：水浅不能载舟楫。弱水，水道浅。槎，木筏。喻不修水军。

③ 坐使：致使。

④ 那须：何须，何必。

⑤ 残红冷艳:傲立于严寒中的花朵。喻气节高。

⑥ 帝子:尧的两个女儿娥皇、女英,嫁于舜。舜崩,二妃啼,以涕挥竹,竹尽斑。后二妃死于江湘之间,人称湘君、湘夫人。喻忧伤的情感。

凤翔下揽有馀晖,宁似旄丘①咏式微。

列宿犴狼②分北系,失巢乌鹊竞南飞。

乞灵牛后③情知秽,自鬻羊皮④命敢违。

鼠目獐头都应选,鲍鱼哄市议分肥⑤。

注:① 旄丘:前高后低的山丘。《尔雅·释丘》:"前高旄丘,后高陵丘。"

② 列宿:原指众星宿,特指二十八宿。刘向《九叹·远逝》:"指列宿以白情兮,诉五帝以置词。"犴狼:北方野狗,形如狐。列宿犴狼喻俄日等列强。

③ 牛后:牛屁股,喻处从属地位。《战国策·韩策》:"臣闻鄙语曰:'宁为鸡口,无为牛后。'"

④ 羊皮:羊质虎皮,形容虚有其表,外强中干。扬雄《法言·吾子》:"或曰:有人焉,曰云姓孔而字仲尼,入其门,升其堂,伏其几,袭其裳,则可谓仲尼乎? 曰:其文是也,其质非也。敢问质? 曰:羊质而虎皮,见草而说,见豺而战,忘其皮之虎矣。"

⑤ 哄市:闹市。哄,喧闹。扬雄《法言·学行》:"一哄之市,不胜异意焉。"分肥:分赃。

黑白纠纷劫后棋,掀枰一掷亦堪悲。

鸢飞海峤①新开局,雁阵衡阳②倦返时。

司会③持筹孤注尽,义军传檄万方驰。

民脂国脉销将竭,浪掷泥沙了不思④。

注：① 鸢飞：《诗·大雅·旱麓》："鸢飞戾天，鱼跃于渊。"鸢，老鹰。海峤：海边的山岭。

② 雁阵衡阳：王勃《滕王阁序》："雁阵惊寒，声断衡阳之浦。"

③ 司会：财政官，担任度支职务。

④ 浪掷：随便抛弃，随意花费。了不：完全不去、绝不。

兴亡原不系河山，付与权奸操纵间。

安汉忽闻求四皓①，援辽先自弃三关②。

乞怜预缔降臣约③，越货④新标债帅⑤颜。

鬼亦有谋曹社⑥上，狐魅虎伥⑦各联班。

注：① 四皓：汉初商山四隐士。四人是东园公、绮里季、夏黄公、角里先生。四人须眉皆白，故称商山四皓。高祖召之不应。后高祖欲废太子，吕后用留侯计，迎四皓使辅太子。一日四皓侍太子见高祖，高祖曰：羽翼成矣。遂辍废太子之议。事见《史记·留侯世家》《汉书·张良传》。

② 三关：指瓦桥关、益津关、淤口关。

③ 降臣约：五代后唐石敬瑭，以割地、称臣、称子与契丹订约求出兵相助。

④ 越货：抢劫财物。

⑤ 债帅：唐大历后，政治腐败，凡命一帅，必广输重赂。禁军将校欲为帅者，若家财不足，则向富户借贷，升官之后，大肆搜刮偿还，称为债帅。

⑥ 曹社：《左传·哀公七年》："初，曹人或梦众君子立于社宫，而谋亡曹。"后用曹社作为国家将亡的典故。庾信《哀江南赋》："鬼同曹社之谋，人有秦庭之哭。"

⑦ 狐魅虎伥：喻小人败类，为虎作伥之徒。虎伥，死于虎者，其鬼魂为虎所驱役。

砥柱中流说石头，栖栖戎马又经秋。

隔江传说高无赖①，远戍关情卢莫愁②。

注：① 高无赖：即五代荆南国君高从诲，俗称高赖子。初附后唐，受封南平王。地狭兵弱，介于吴楚间，以劫留他国贡物自存。及南汉、闽、蜀等称帝，从诲所向称臣，以求赐予。诸国贱之，目为高无赖。

② 卢莫愁：《乐府诗》中洛阳女子。梁武帝《河中之水歌》："河中之水向东流，洛阳女儿名莫愁。"唐沈佺期《古意》："卢家少妇郁金堂，海燕双栖玳瑁梁。九月寒砧催木叶，十年征戍忆辽阳。"

附：杜甫《秋兴八首》

玉露凋伤枫树林，巫山巫峡气萧森。

江间波浪兼天涌，塞上风云接地阴。

丛菊两开他日泪，孤舟一系故园心。

寒衣处处催刀尺，白帝城高急暮砧。

夔府孤城落日斜，每依北斗望京华。

听猿实下三声泪，奉使虚随八月槎。

画省香炉违伏枕，山楼粉堞隐悲笳。

请看石上藤萝月，已映洲前芦荻花。

千家山郭静朝晖，日日江楼坐翠微。

信宿渔人还泛泛，清秋燕子故飞飞。

匡衡抗疏功名薄，刘向传经心事违。

同学少年多不贱，五陵衣马自轻肥。

闻道长安似弈棋,百年世事不胜悲。
王侯第宅皆新主,文武衣冠异昔时。
直北关山金鼓振,征西车马羽书驰。
鱼龙寂寞秋江冷,故国平居有所思。

蓬莱宫阙对南山,承露金茎霄汉间。
西望瑶池降王母,东来紫气满函关。
云移雉尾开宫扇,日绕龙鳞识圣颜。
一卧沧江惊岁晚,几回青琐点朝班。

瞿塘峡口曲江头,万里风烟接素秋。
花萼夹城通御气,芙蓉小苑入边愁。
珠帘绣柱围黄鹄,锦缆牙樯起白鸥。
回首可怜歌舞地,秦中自古帝王州。

昆明池水汉时功,武帝旌旗在眼中。
织女机丝虚夜月,石鲸鳞甲动秋风。
波漂菰米沉云黑,露冷莲房坠粉红。
关塞极天惟鸟道,江湖满地一渔翁。

昆吾御宿自逶迤,紫阁峰阴入渼陂。
香稻啄馀鹦鹉粒,碧梧栖老凤凰枝。

佳人拾翠春相问，仙侣同舟晚更移。

彩笔昔曾千气象，白头吟望苦低垂。

天琴八曲并序

明万历间，远西天主教士利玛窦至京师。进献方物中有洋琴一具，神宗询以乐曲，利氏取道曲译意奏上。今所传《西琴曲意》八章，附刊于利氏所著《畸人十篇》之后。其一曰吾愿在上；二、牧童游山；三、善计寿修；四、德之勇巧；五、悔老无德；六、胸中庸平；七、肩负双囊；八、定命四达。自谓因方音异，不能随其本韵，每章长短亦不一。余偶以暇时读利氏此作，爱其命意警策，因略就本旨，括为此辞。才笔庸陋，不免贻讥，唯亦聊便自讽而已。西乐岂乏淫靡杀伐之音，此则播道之正声，欲达于天听者也，故标之曰《天琴八曲》云。癸未五月。①

万树郁参天，托根在泥土。

惟人戴苍穹②，乃为天所抚。

亲上实本根，觉道思裨补③。

大造有真仁，湛然④彻灵府。

鉴彼一震威，悯视即收怒。

惟泽无私田，惟照无私宇⑤。

注:① 癸未五月:即 1943 年 6 月。利玛窦(1552 年 10 月 6 日—1610 年 5 月 11 日),天主教耶稣会神父,科学家。意大利马切拉塔(Macerata)人,名玛窦·利奇(Matteo Ricci)。1611 年(明神宗万历三十九年)4 月 22 日钦准赐葬京郊二里沟滕公栅栏儿墓地。墓碑铭全文:"利先生,讳玛窦,号西泰,大西洋意大利亚国人。自幼入会真修。明万历壬午(1582 年)航海首入中华衍教。万历庚子年(1600 年)来都。万历庚戌年(1610 年)卒。在世五十九年,在会四十二年。"

② 苍穹:苍天。李白《门有车马客行》:"大运且如此,苍穹宁匪仁。"

③ 裨补:增加补益。诸葛亮《出师表》:"必能裨补阙漏,有所广益。"

④ 湛然:清澈、清纯貌。

⑤ 私田、私宇:私人的田地、屋宇。

荷箠①适远山,为爱青青草。

近瞩殊遐瞻,岂若故山好。

忧乐从心萌,幻影恁虚造。

目尘匪所容,心贼②去宜早。

外鹜③信奚为,反牧④得真道。

今古同一原,守中乃自保。

注:① 荷箠:肩负鞭子。

② 心贼:心地阴暗、不正。

③ 外鹜:心不专,别有求。清魏源《默觚上·学篇十一》:"故君子务本,专用力于德性而不敢外鹜。"鹜,鸭、舒凫。

④ 反牧:回来放牧。反,通"返"。

颜子①岂无禄,盗跖②嗟长年。

修短若论岁,奚别狂与贤。

期颐安足贵,朝夕胥听天。

进德惜分寸,一日胜万千。

居诸倘丛咎③,岂独伤徒然。

违命得久视,黄发④滋堪怜。

注:① 颜子:颜回,孔子弟子。安贫乐道,有德寿夭之士。

② 盗跖:春秋末之狂士,有寿无德。《荀子·不苟》:"盗跖吟口,名声若明,与舜、禹俱传而不息。"杜甫《醉时歌》:"孔丘盗跖俱尘埃。"

③ 丛咎:经常发生祸患的地方。丛,众多;咎,过失、灾祸。

④ 黄发:老年,老人。

琴声出广座①,绕宇流清泠②。

德音乃洋溢,际地通青冥③。

低昂感风月,舒卷摩日星。

诸神竞腾跃,真宰怀芳馨。

乘此破万雉④,浩荡云无扃⑤。

威霁不咫尺,欢舞朝天庭⑥。

注:① 广座:众人聚会场所。

② 清泠:声音清越平和,使人精神隽秀,心地洁净。

③ 际地:际地蟠天。《庄子·刻意》:"上际于天,下蟠于地。"形容遍及天地间。际,会合。青冥:青苍幽远。指青天。

④ 万雉:极言城墙之恢宏。雉,城墙面积长三丈高一丈为一雉。

⑤ 无扃:所向无敌。扃,门闩,用指关闭、抵抗。

⑥ 天庭:亦作天廷,天上宫殿,上帝所在处。

青春逝不还，白发岂轻恕。

蚁蛭^①营华堂，徒尔劳思虑。

来日宁可期，此刻易空去。

大江无停波，清浅^②竟何处。

韶华^③驾飙轮，振迅赖谁驭。

少待且勿云，努力敌匆遽^④。

注：① 蚁蛭：蚁穴外隆起的土堆。蛭，通垤。
② 清浅：清澈不深的水流。
③ 韶华：时光，指美好年华。李贺《嘲少年》："莫道韶华镇长在，发白面皱专相待。"
④ 匆遽：仓促、匆促。

灵台^①净俗埃，荣辱俱退屏。

砥柱屹中流，风涛失威猛。

处纷实漂摇，喻义始安靖。

易为贬此身，役物劳驰骋。

我苟不弃物，弃我亦俄顷。

来去果翛然，心光自彪炳^②。

注：① 灵台：指心灵。《庄子·庚桑楚》："不可内于灵台。"
② 彪炳：亦写作彪昺，意辉耀。

前囊囊人错，一瞥能兼收。

背囊囊己愆，何从置双眸。

刺人且自恕，设身无乃优。

一旦请入甑①，作法将谁尤。

芸芸孰无过，钜细非同俦②。

诳③已诚不可，恕彼尤良猷④。

注：① 请入甑：谓以其人之道还治其人之身。《太平广记》卷一二一："唐秋官侍郎周兴与来俊臣对推事。俊臣别奉进止鞫兴，兴不之知也。及同食，谓兴曰：'囚多不肯承，若为作法？'兴曰：'甚易也，取大甑，以炭四面炙之，令囚人处之其中，何事不吐！'即索大甑，以火围之，起谓兴曰：'有内状勘老兄，请兄入此甑。'兴惶恐叩头，咸即款服。"

② 同俦：同伴。曹植《节游赋》："浮素盖，御骅骝，命友生，携同俦。"

③ 诳：欺骗。

④ 良猷：良策、好方法。猷，计谋。

双丸①爱跳荡，光景飞如梭。

春花乍开落，皱面愁观河。

大命讵②逃遁，贵贱无殊科。

出世一诀别，入室知谁何？

悠悠览兆窀③，松楸空婆娑④。

愿知生有尽，且视浮云过。

注：① 双丸：指日月。宋方夔《春归杂兴》之二："双丸不肯驻颓光，宇宙悠悠万物长。"

② 讵：岂能，无可。

③ 兆窀：坟地和墓穴。

④ 松楸：松树和楸树。两树墓地多植，因指代墓地。婆娑：盘旋。此处作茂盛解。

附:利玛窦西琴曲意八章

万历二十八年,岁次庚子,窦具赆物赴京师,献上。间有西洋乐器雅琴一具,视中州异形,抚之有异音。皇上奇之,因乐师问曰:"其奏必有本国之曲,愿闻之。"窦对曰:"夫他曲,旅人罔知,惟习道语数曲。今译其大意,以大朝文字,敬陈于左。第译其意,而不能随其本韵者,方音异也。"

吾愿在上一章

谁识人类之情耶?人也者,乃反树耳。树之根本在地,而从土受养,其干枝向天而竦。人之根本向乎天,而自天承育,其干枝垂下。君子之知,知上主者;君子之学,学上主者。因以择诲下众也。上主之心,惟多怜恤苍生,小许霹雳伤人。常使日月照,而照无私方矣。常使雨雪降,而降无私田兮。

牧童游山二章

牧童忽有忧,即厌此山,而远望彼山之如美,可雪忧焉。至彼山，近彼山，近不若远矣。牧童牧童，易居者宁易已乎！汝何往而能离己乎！忧乐由心萌，心平随处乐，心幻随处忧。微埃入目，人速疾之，而尔宽于串心之锥乎？已外尊己，固不及自得矣。奚不治本心，而永安于故山也。古今论，皆指一耳。游外无益，居内有利矣。

善计寿修三章

善知计寿修否？不徒数年月多寡，惟以德行之积盛，量己之长也。不肖百纪，孰及贤者一日之长哉。有为者，其身虽未久经世，而足称耆耄矣。上主加我一日，以我改前日之非，而进于德域一步。设令我空费寸尺之宝，因岁之集，集己之咎，夫诚负上主之慈旨矣。呜呼！恐再复祷寿，寿不可得之。虽得之，非我福也。

德之勇巧四章

琴瑟之音虽雅，止能盈广寓，和友朋，径迄墙壁之外，而乐及邻人，不如德行之声之洋洋，其以四海为界乎？寰宇莫载，则犹通天之九重，浮日月星辰之上，悦天神而致天主之宠乎？勇哉大德之成，能攻苍天之金刚石城,而息至威之怒矣。巧哉德之大成,有闻于天,能感无形之神明矣。

悔老无德五章

余春年渐退,有往无复,虤老暗侵,莫我恕也。何为乎窄地而营广厦,以有数之日,图无数之谋欤?幸获今日一日,即亟用之勿失。吁!毋许明日,明日难保。来日之望,止欺愚乎。愚者,罄日立于江涯,竢其涸,而江水汲汲流于海,终弗竭也。年也者,具有鞱翼,莫怪其急飞也。吾不怪年之急飞,而惟悔吾之懒进已。夫老将臻,而德未成矣。

胸中庸平六章

胸中有备者,常衡乎靖隐,不以荣自扬扬,不以穷自抑抑矣。荣时则含惧,而穷际有所望,乃知世之势无常耶?安心受命者,改命为义也。海岳巍巍,树于海角,猛风鼓之,波浪伐之不动也。异于我浮梗荡漾,竟无内主,第外之漂流是从耳。造物者,造我乎宇内,为万物尊。而我屈己于林总,为其仆也。惨兮惨兮!孰有抱德勇智者,能不待物弃己,而己先弃之。斯拔于其上乎?曰:吾赤身且来，赤身且去，惟德殉我身之后也，他物谁可之共欤？

肩负双囊七章

夫人也，识己也难乎，欺己也易乎。昔有言：凡人肩负双囊，以胸囊囊人非，以背囊囊己愆兮。目俯下，易见他恶。回首顾后囊，而觉自丑者希兮。觇他短乃龙睛，见己失即瞽目兮。默泥氏一日滥刺毁人，或曰：汝独无咎乎？抑思昧吾侪欤？曰：有哉？或又重兮，惟今吾且自宥兮。嗟嗟！待己如是宽也，诚闇矣。汝宥己，人则奚宥之？余制虐法，人亦以此绳我矣。世寡无过者，过者纤，乃贤耳。汝望人恕汝大痛，而可不恕彼小疵乎？

定命四达八章

呜呼！世之芒芒，流年速逝逼生人也。月面日易，月易银容。春花红润，暮不若旦矣。若虽才，而才不免肤皱，弗禁鬓白。衰老既诣，迅招乎凶，夜来瞑目矣。定命四达，不畏王宫，不恤穷舍，贫富愚贤，概驰幽道。土中之坎三尺候我，与王子同场兮，何用劳劳而避夏猛

炎,奚用勤勤而防秋风不祥乎?不日而须汝长别妻女
亲友。纵有深室,青金明朗,外客或将居之,岂无所爱。
苑囿百树,非松即楸,皆不殉主丧也。日渐苦萃,财贿
几聚后人乐,侈奢一番即散分。

诗二首^①

河山象服^②旧风裁,海屋寒消寿宇^③开。
两代甘棠留芰地^④,佳儿又奉版舆^⑤来。

注:① 作于 20 世纪 40 年代中期。
② 象服:贵妇人礼服。象,镶也。《诗·鄘风·君子偕老》:"象服是宜。"
③ 寿宇:宇,高、颠。指长寿。
④ 甘棠留芰:甘棠,即棠梨,果味甘美。芰,居住,草舍。《诗·召南·甘棠》:"蔽芾甘棠,勿剪勿伐,召伯所芰。"
⑤ 版舆:木制轻便座车。

高门峻节拟松筠^①,洗出冰霜世又新。
今日福星随宝婺^②,三湘移照一江春。

注:① 峻节:高尚的节操。拟:类似。松筠:清乾、嘉、道三朝大臣,有清名,年八十三寿终。
② 宝婺:婺女星。唐薛稷诗:"月下琼娥去,星分宝婺行。"南宋蒋捷词《春夏两相期寿谢令人》:"似说朝来,天上婺星光见。"

岳王墓

百战功勋韩岳^①高，临安天子爱逍遥。

孤忠一例鸱夷恨^②，白马江声听晚潮。

注：① 韩岳：南宋抗金名将韩世忠、岳飞。

② 孤忠：忠贞自持。泛指一心报国。一例：照例、依旧。鸱夷：皮革制囊。此指伍子胥。《战国策》："昔者伍子胥说听乎阖闾，故吴王远迹至于郢。夫差弗是也，赐之鸱夷而浮之江。"

艳遺宝诗録

闲　居①

半生辛苦阅人寰②,料理琴书且退闲。

世味故应添白发,梦魂便欲到青山③。

只怜大海移船远,谁与荒亭问字④还。

惆怅前尘⑤消易尽,饥驱⑥恨事已难删。

注:① 作于辛卯二月,即1951年3月。
② 人寰:人间。白居易《长恨歌》:"回头下望人寰处,不见长安见尘雾。"
③ 青山:喻归隐之处。安徽当涂有青林山,南朝谢朓曾卜居于此,又名谢公山。李白《题东溪公幽居》:"宅近青山同谢朓,门垂碧柳似陶潜。"宋杨万里《望谢家青山太白墓》:"阿朓青山自一村,州民岁岁与招魂。六朝陵墓今安在,只有诗仙月下坟。"
④ 问字:称从人受学或请教。《汉书·扬雄传》:"刘棻向扬雄问字。"
⑤ 前尘:谓前迹往事,过去之事。
⑥ 饥驱:为衣食而奔忙。

无复衰亲御版舆①,归来仍自卧蓬庐②。

布囊肯索胡奴米③,油素贪摹叔夜书④。

且住风尘⑤终避俗,但游辽廓岂逃虚⑥。

此身髣髴沧江外,独有幽人⑦问起居。

注:① 衰亲:年老的父母。版舆:同步舆,即车。晋潘岳《闲居赋》:"太夫人乃御版舆,升轻轩。"述奉养其母。后常用为在官而迎养其亲的典故。

② 蘧庐:古代驿传休息之所,即今旅舍,供暂居之处。《庄子·天运》:"仁义,先王之蘧庐也,止可以一宿,而不可久处。"苏轼《李杞寺丞见和前篇复用元韵答之》:"人生何者非蘧庐,故山鹤怨秋猿孤。"

③ 肯索:岂愿意索取。肯,表反问,岂肯。胡奴:胡人,此指洋人。

④ 油素:光滑白绢,用于书画。南朝梁任昉:"人蓄油素,家怀铅笔。"叔夜:三国魏文学家嵇康,字叔夜,"竹林七贤"之一,与阮籍齐名,善弹《广陵散》。

⑤ 风尘:尘世,现实世界。

⑥ 辽廓:旷远,空阔。《淮南子·俶真》:"达人之学也,欲以通性于辽廓,而觉于寂漠也。"逃虚:逃避世俗,寻求清静无欲世界。

⑦ 幽人:隐士。《易经·履》:"履道坦坦,幽人贞吉。"孔颖达疏:"幽隐之人,守正得吉。"

行藏检点百无功,难付生涯一笑中。

敢信①兴亡真有责②,不知忧乐与谁同。

摩挲髀肉③愁边骑,惨淡心情惊夜鸿。

最苦茫茫偏对此,低徊忍复论穷通④。

注:① 敢信:或许相信。敢:莫非。

② 兴亡:清吴趼人《痛史》:"天下兴亡,匹夫有责。"出自顾炎武《日知录·正始》:"保天下者,匹夫之贱,与有责焉耳矣。"

③ 髀肉:大腿上的肉,髀肉复生之简称。《三国志·蜀书·先主传》:"备见髀里肉生,慨然流涕。表怪问备,备曰:'吾常身不离鞍,髀肉皆消。今不复骑,髀里肉生。日月若驰,老将至矣,而功业不建,是以悲耳。'"后引为自叹壮

志未酬,虚度光阴。

④ 穷通:困厄与显达。《庄子·让王》:"古之得道者,穷亦乐,通亦乐,所乐非穷通也。道德于此,则穷通为寒暑风雨之序矣。"

乾坤浩劫已身经,醉亦愁多况独醒。

欲对茶烟销短梦,还携杯酒祝长星①。

阑前雨过江云白,天际潮回海气青。

尚有元龙②楼百尺,来看鹤影度空冥。

注:① 长星:彗星。《世说新语·雅量》:"晋太元末,长星见,孝武(司马昌明)心甚恶之。夜华林园中饮酒,举杯祝星云:'长星,劝尔一杯酒,自古何时有万岁天子。'"

② 元龙:三国魏陈登,字元龙。《三国志·魏书》:许汜与刘备语:"陈元龙湖海之士,豪气不除。昔遭乱过下邳,见元龙。元龙无客主之意,久不相与语,自上大床卧,使客卧下床。"备曰:"君有国士之名,今天下大乱,帝王失所,望君忧国忘家,有救世之意。而君求田问舍,言无可采,是元龙所讳也,何缘当与君语? 如小人,欲卧百尺楼上,卧君于地,何但上下床之间邪?"

辛卯暮春,别苏州。夏五,策兄方书示近况,并述所搜碑志书籍,因作此奉寄①

静卧真应万念灰,只怜梦影久低徊。

人归吴苑初飞絮,书到江城已落梅。

话雨一灯②曾几度,寻山双屐倘重来。

莫言索米③多辛苦,忧乐无端本可哀。

注：① 作于辛卯四月十四日，即 1951 年 5 月 19 日。策兄，即周策鲁，字公滕，江苏宜兴人。

② 话雨一灯：喻朋友叙旧。李商隐《夜雨寄北》："何当共剪西窗烛，却话巴山夜雨时。"

③ 索米：求取米粮，指谋生。《汉书·东方朔传》："臣朔饥欲死。臣言可用，幸异其礼；不可用，罢之，无令但索长安米也。"

不堪生计日悠悠，销尽奇怀①尚有愁。

冷暖正应吾辈觉，丛残②且与古人留。

荒畦石烂③前朝事，罨画云迷④故国楼。

俯仰方期千劫⑤过，五湖⑥烟水问渔舟。

注：① 奇怀：奇异念想和抱负。陶潜《和刘柴桑》："良辰入奇怀，挈杖还西庐。"

② 丛残：杂乱、零乱，指写的诗文杂篇。宋苏舜钦《上孙冲谏议书》："某故敢缮写杂文共八十有五篇，求为佐佑，又用此本原之论以先之。盖丛残屑浅之说，不足诡听览也。"

③ 荒畦石烂：荒芜的田地，风雨剥落的石块。喻时间久远的历史陈迹。

④ 罨画云迷：罨画，彩色的画；云迷，云拥雾锁。形容景色变化多姿。

⑤ 千劫：佛教语，指无数生灭成毁。唐太宗《圣教序》："无灭无生历千劫。"

⑥ 五湖：古吴越地湖泊，又指称太湖地区。

壬辰四月初，元庆再游西湖，戏书以赠其行①

前逢元日后清和②，两度杭州载酒过。

似与春风故回避，销魂又奈绿阴何。

注：① 作于 1952 年 4 月下旬。元庆：李荣，字元庆，先生表侄，从医。善吹笛绘画治印。

② 元日：正月初一。清和：农历四月。谢灵运诗："首夏犹清和。"今以夏四月当之。

螺青一抹①映波纹，临水登山最忆君。

试与朝霞携玉笛②，倚阑吹起满湖云。

注：① 螺青一抹：指水墨画。

② 玉笛：笛。李白《春夜洛城闻笛》："谁家玉笛暗飞声，散入春风满洛城。"

薄冷才当谷雨春，浮瓯①小试绿花新。

一瓢自汲龙泓水②，半荐茶仙③半印人。

注：① 浮瓯：泛指茶壶。瓯，瓦制杯碗。浮，瓠，即葫芦。

② 龙泓水：龙井旧称龙泓，井泉清冽，有盛名。

③ 茶仙：即唐代陆羽，著有《茶经》。

倦游身值困人天，抛掷流光换晏眠①。

我听小楼连夜雨，潇潇却爱梦吴船②。

注：① 晏眠：安眠，睡得迟起。

② 吴船：江南小船。

壬辰秋感①

独倚危阑望杳冥②,无边秋气感凋零。

天青鹰隼盘空健,月黑鱼龙③出海腥。

万里寒飙④惊落木,一尊永夜祝长星。

原知肃杀关时运,还为丛兰⑤乞上灵。

注:① 作于 1952 年秋。

② 杳冥:天空高远处,苍天。

③ 鱼龙:鱼和龙,鳞介水族。杜甫《秋兴》之四:"鱼龙寂寞秋江冷,故国平居有所思。"

④ 寒飙:寒冷的大风。晋袁山松《菊》诗:"灵菊植幽崖,擢颖凌寒飙。"

⑤ 丛兰:丛生兰花,喻品德高尚。《文中子·上德》:"丛兰欲修,秋风败之。人性欲平,嗜欲害之。"

又是苍茫①独立时,尽收豪气入沉思。

三生尘影②萦眉宇,十载风霜换鬓丝。

流水应怜知己少,名山谁与古人期。

低徊乍听秋潮急,欲问成连③去已迟。

注:① 苍茫:旷远无边。李白《关山月》:"明月出天山,苍茫云海间。"

② 三生尘影:佛教语前生、今生、来生曰三生。色、声、香、味、触、法为六尘。指自身的过往今来。

③ 成连:春秋时琴师。伯牙学琴于成连,三年未能精通。成连与伯牙同

往东海蓬莱山,使闻海水激荡、林鸟悲鸣之声。伯牙叹曰:"先生将移我情。"从而技大进,终成天下妙手。

轻掷双丸付逝波,漫期①来日补蹉跎。

十围②种柳看如此,一曲因风且奈何。

黄卷青灯③残梦远,碧云红树乱愁多。

羁栖④欲问遥天月,忍见心光并墨磨。

注:① 漫期:姑且,等待。

② 十围:形容粗大。《汉书·枚乘传》:"夫十围之木,始生如蘖。"

③ 黄卷青灯:谓辛勤夜读。陆游《客愁》:"苍颜白发入衰境,黄卷青灯空苦心。"

④ 羁栖:作客寄居。杜甫《春日梓州登楼》:"身无却少壮,迹有但羁栖。"

披发①何须下大荒,素衣②仍耐九秋霜。

不妨幽草随天意,伫对寒花领晚香。

湖海一楼闲鹤③梦,风涛千里拥鼋梁④。

济时辛谠才应尽⑤,但拨铜琶⑥我尚狂。

注:① 披发:披头散发。此谓避世隐居。

② 素衣:白色衣服,指平常人穿的衣服。

③ 闲鹤:喻清闲无事。

④ 鼋梁:即鼋梁。鼋,音驼。《竹书纪年》卷下:"穆王三十七年,伐楚,大起九师,东至于九江,叱鼋鼍以为梁。"指气势恢宏。

⑤ 济时:犹济世救时。《旧唐书·隐逸传序》:"退无肥遁之贞,进乏济时之具。"辛谠:敢于辛辣直言。谠,正直。

⑥ 铜琶:铜琶铁板。形容豪迈激越。

五十岁作①

谁将广乐奏钧天②，梦断华胥③亦可怜。

我觉人间哀乐倦，强须④扶醉过中年。

注：① 作于壬辰九月廿日立冬，即 1952 年 11 月 7 日。
② 广乐、钧天：指天上之乐，仙乐，亦称钧天广乐。《穆天子传》："天子乃奏广乐。"
③ 华胥：理想境地，泛指梦境。《列子·黄帝》："黄帝昼寝，而梦游于华胥氏之国。华胥氏之国在弇州之西，台州之北，不知斯齐国几千万里。盖非舟车足力之所及，神游而已。其国无师长，自然而已；其民无嗜欲，自然而已；……黄帝既寤，怡然自得。"
④ 强须：勉强，姑且。

故人沈埜虹先生之令嗣祝平兄，不见二十馀年，辗转见访，近始获晤。既示佳作，作此奉报①

童年见汝忽中年，乍讶②音容到眼前。

往事沉吟如换劫③，浮生聚散定关天。

不辞人海频相觅，且与云门④更结缘。

只我一楼耽坐卧，诗心寥落⑤已难仙。

注：① 作于甲午冬月，即 1954 年 12 月。沈堃(野)虹先生即沈元亮，字纬良，别署野虹，感旧诗中有小传。沈祝平名鼎来，字铸才，年少先生八岁，1952 年自台湾返沪，从医，亦工诗，常与往还，2005 年以九五高龄去世。

② 乍讶：突然，惊讶。

③ 换劫：换了一个世代。换，更易，改变。

④ 云门：人体穴位名，代指医道。

⑤ 寥落：稀少，零落。

寄朱天梵①

寥落琴台②又几年，忆来但检旧诗篇。

故人见说仍无恙，斯世相逢定有缘。

愁绪岂烦付缄札，离怀惯自对江天。

何时一笑堪乘兴，便向春波唤渡船③。

注：① 作于乙未二月十五日，即 1955 年 3 月 8 日。朱天梵，名光，上海浦东三林塘人。生于癸未除夕(1884 年 1 月 27 日)。早年留学日本，精国文，书法北魏《爨宝子》《爨龙颜碑》，造诣极深。晚年隐居家乡和澜桥南塊三池滩"寥天诗境"，生活极度清贫。1966 年病故，终年八十四岁。

② 琴台：弹琴之台。南朝谢朓《奉和随王殿下》："宴私移烛饮，游赏籍琴台。"泛指相聚游宴处。

③ 渡船：朱先生居浦东，去欲乘船摆渡。

蒋定一招饮市楼①

茫茫人海②兴难乘，着我危楼最上层。

进酒狂歌③君不见，食鱼④愁对客何能。

阑前金勒驰归骑，天际瑶光⑤射夜鹰。

去欲元龙床下卧，莫教豪气又飞腾。

注：① 作于 1955 年前后。蒋定一，名国炎，湖南人。民国时期曾任农民银行某分行行长，1949 年后曾在上海住家办补习学校教书，1957 年被错划为"右派"。

② 茫茫人海：一作"江湖满地"。

③ 狂歌：《论语·微子》："楚狂接舆歌而过孔子曰：'凤兮凤兮，何德之衰。往者不可谏，来者犹可追。已而已而，今之从政者殆而！'孔子下欲与之言，趋而辟之，不得与之言。"形容洁身避世，傲世疾俗。

④ 食鱼：形容优厚待遇。《战国策·齐策四·冯谖客孟尝君》："齐人有冯谖者，贫乏不能自存，使人属孟尝君，愿寄食门下……居有顷，倚柱弹其剑，歌曰：'长铗归来兮！食无鱼。'左右以告。孟尝君曰：'食之，比门下之客。'"喻怀才不遇的心情。

⑤ 瑶光：星光，北斗七星之第七星名。

凉　天

凉天草色感凄腓①，独对清霜赋授衣②。

真觉苍黄③成反覆，谁因萧瑟念寒微④。

一尊酒尽貂难换，万木风多鹤倦飞。

何地还堪从此逝，年来只怪胜情稀。

注：① 凄腓：荒凉枯萎。

② 授衣：制备寒衣。《诗·豳风》："七月流火，九月授衣。"

③ 苍黄：青色和黄色。喻事物变化不定。《墨子·所染》："见染丝者而叹曰：'染于苍则苍，染于黄则黄，所入者变，其色亦变。'"南朝齐孔稚珪《北山移

文》："终始参差,苍黄反复。"

④ 寒微:贫贱低微。唐杨贲《时兴》："贵人昔未贵,咸愿顾寒微。"

与我周旋自不知,菰芦①人已鬓如丝。

生当海水群飞②日,闲幸沧江独卧时③。

岭树飘残愁外影,天风吹尽梦中诗。

偏怜宋玉情怀④在,极目萧条尚费辞⑤。

注:① 菰芦:蒋和芦苇。蒋,茭白。《建康实录》："(殷礼)与辅义中郎将张温使蜀,诸葛亮见而叹曰:'江东菰芦中生此奇才。'"江东乃水泽之区,多菰芦。

② 海水群飞:谓四海不靖。汉扬雄《剧秦美新》："神歇灵绎,海水群飞。"李善注："海水喻万民;群飞言乱。"

③ 闲幸:悠闲自在。沧江独卧:避世独立。沧江,泛指江水。

④ 宋玉情怀:悲秋悯志的情怀。宋玉《九辩》首句:"悲哉秋之为气也。"后人遂以宋玉为悲秋悯志的代表人物。

⑤ 费辞:多费言词。

望　远①

奔轮②无日倦推迁,呵壁③真须一问天。

岂有琴书消岁月,愿闻海岳④靖风烟。

鹏抟⑤远岛三千里,龙渡沧溟⑥五百年。

罢酹长星还极目,波光云气满尊前。

注:① 作于 1950 年代后期。

② 奔轮:喻光阴如车轮急剧转动一样流逝。

③ 呵壁:发泄胸中愤懑。汉王逸《天问序》:"屈原放逐……见楚有先王之庙及公卿祠堂,图画天地山川神灵,琦玮僪佹,及古贤圣怪物行事。周流罢倦,休息其下,仰见图画,因书其壁,呵而问之,以渫愤懑。"李贺《公无出门》诗:"分明犹惧公不信,公看呵壁书问天。"

④ 海岳:大海高山,谓四海五岳。《文心雕龙》:"海岳降神,才英秀发。"

⑤ 鹏抟:《庄子 逍遥游》:"鹏之徙于南冥也,水击三千里,抟扶摇而上者九万里。"

⑥ 沧溟:言海之大。《昭明太子集序》:"若夫嵩霍之峻,无以方其高;沧溟之深,不能比其大。"

敛尽神锋气尚豪,睡馀且自醉葡萄。

铜琶铁板①声应健,云旆霓旌②望亦劳。

鲲壑雷霆③惊草木,鼍梁风雨壮波涛。

何时倚剑青天外,放眼重看霁色④高。

注:① 铜琶铁板:形容文词豪爽激越。《说郛》中记载:苏轼尝问歌者,吾词比柳永词何如? 对曰:柳郎中词,只好十七八女孩儿执红牙拍板,唱"杨柳外晓风残月";学士词,须关西大汉抱铜琵琶,执铁绰板,唱"大江东去"。

② 云旆霓旌:有云纹图饰与五色羽毛的旗帜,为古代帝王仪仗之一,亦借指帝王。宋玉《高唐赋》:"简舆玄服,建云旆,蜺为旌,翠为盖。"

③ 鲲壑雷霆:鲲壑指鲲海,古称会稽之外海有东鳀人建二十馀小国,即东海外诸岛。雷霆,疾雷,喻声威。《易·系辞上》:"鼓之以雷霆,润之以风雨。"

④ 霁色:晴朗天色。霁,雨止天晴。

农舍晚望①

谁共开轩语,萧间野老稀。

荒畦②寒色重，衰柳夕阳微。

冻雀饥常啄，昏鸦倦更飞。

苍茫难独立，何似③掩柴扉。孟浩然诗："开轩面
场圃，把酒话桑麻。"杜甫诗："独立苍茫自咏诗。"

注：① 作于 1960 年代初。农舍指沪郊真如电台乡倪思伦家，先生时一
至也。
② 荒畦：贫瘠的田地。
③ 何似：何不，何妨。

寄　身

寄身①仍是最高楼，万象偏怜眼底收。

我自倚天成一笑，谁来抵掌论千秋②。

寒生海岳风烟静，水合江河日夜流。

看倦逝波③惊岁晚，且应④荡涤古今愁。

注：① 寄身：托身。晋卢谌《答魏子悌》诗："寄身荫四岳，托好凭三益。"
② 千秋：千年，岁月久长。喻古往今来之事。
③ 逝波：喻如水流逝的光阴。陆游《舟过会稽山下因系舟游近村迨暮乃
归》："六十齿发衰，岁月如逝波。"
④ 且应：宜应。且、宜古通。

春　望

思如轮转未曾停，数尽长亭复短亭①。

忆别尚看襟有泪，浇愁漫道②酒无灵。

千丝弱柳依人绿，一发③遥山入梦青。

几度危阑④成独倚，大江春水盼归舻⑤。

注：① 长亭、短亭：旧时城外道旁，五里一短亭，十里一长亭，为送行饯别之所。

② 漫道：白白地讲。漫，徒然、枉自。

③ 一发：空远微茫。苏轼《澄迈驿通潮阁》："杳杳天低鹘没处，青山一发是中原。"

④ 危阑：高楼的栏杆。李商隐《北楼》："此楼堪北望，轻命倚危阑。"

⑤ 归舻：归舟。

祝平以随笔之作见示，即随笔戏次其韵①

谁折芳馨隐绿篁②，僤徊③岂必共沉湘④。

闲愁真恐诗成祟，独醒浑忘醉有乡。

待欲乘风横铁笛⑤，且宜留月照书囊。

无何最好酣腾睡，一榻还堪着古狂⑥。

注:① 作于 1961 年 8 月 26 日。

② 绿篁:竹林。

③ 僵徊:徘徊。《楚辞·九章》:"欲僵徊以干傺兮,恐重患而离尤。"

④ 沉湘:指屈原沉湘江自尽。

⑤ 铁笛:传隐者、高士善吹铁笛,笛音响亮非凡。朱熹《武夷精舍杂咏·铁笛亭序》:"(隐者刘君)善吹铁笛,有穿云裂石之声。"

⑥ 着古狂:碰见志向高远狂放的古人。苏轼《李太白碑阴记》:"李太白,狂士也。"着,接触、贴近。

附:沈铸才(祝平)先生《随笔呈宇青先生》

小筑玲珑隐翠篁,依然魂梦绕潇湘。

谁知今日思前事,绝似当时忆故乡。

留病三分坚却药,买书一笑快倾囊。

生来故态应难改,何处山深着我狂。

病 起

百尺仍依水上楼,经年病骨倦行游。

排云①欲诉天犹醉,倒酒将空我亦愁。

无可涕洟还一笑,有谁肝胆②论千秋。

且应约束茶烟梦③,放眼春风看九州④。

注:① 排云:推开云层。

② 肝胆：推心置腹。
③ 茶烟梦：休闲生活。
④ 九州：古分中国为九州。

次韵祝平江上晚归

生涯未许①老蓬蒿，却对西风感二毛②。

岂我胸襟多块垒，此心铁石耐甄陶③。

数声长笛星河远，一酹空江夜月高。

归梦龙川④应问讯，倚天何事独悲号。

注：① 未许：还不如。
② 二毛：头发黑白二色，斑白头发。《左传》："君子不重伤，不禽二毛。"
③ 甄陶：磨炼。甄，制陶的转轮。
④ 龙川：南宋陈亮（1143—1194），字同甫，婺州永康人。提倡经世济民之学，主张"义利双行，王霸并用"。才气超迈，议论风生。著有《龙川文集》，《宋史》有传。

拟至佘山先梦宿西麓田家

蘧蘧①小梦觉神清，本待青溪放棹行。

木落全呈山骨瘦，月寒偏向水心明。

纸窗竹屋幽居趣，尊酒盘飧野老情。

一宿又当人海去，莫教②宛转③听泉声。

注:① 蘧蘧:悠然自得状。《庄子·齐物论》:"昔者庄周梦为胡蝶,栩栩然胡蝶也。俄然觉,则蘧蘧然周也。"

② 莫教:别让,不要。

③ 宛转:形容声音抑扬动听。

应青松老人余凯之嘱题画小品五首①

莫笑临风户半开,定知三径②有人来。

且应收拾闲书卷,向晚③偏宜醉一杯。

注:① 作于 1963 年 11 月。青松老人:余凯(1892—1984)。江西婺源人,教育家,画家。天主教耶稣会修士,人称"余相公"。曾主政上海类思小学校长多年,1951 年调至徐家汇土山湾孤儿院主管图画工艺部。晚年自署青松老人。

② 三径:指家园。陶潜《归去来辞》:"三径就荒,松菊犹存。"

③ 向晚:黄昏,傍晚。李商隐《乐游原》:"向晚意不适,驱车登古原"。

飞练下青嶂①,长松锁翠岚②。

我来心更静,独坐对寒潭③。

注:① 飞练:飘动的白绢,喻飞瀑。郦道元《水经注·庐江水》:"上望之连天,若曳飞练于霄中矣。"青嶂:如屏青山。沈约《游钟山诗应西阳王教》:"郁律构丹巘,峻嶒起青嶂。"

② 翠岚:山林中雾气。

③ 寒潭:寒凉水潭。谢灵运《九日从宋公戏马台集送孔令》诗:"凄凄阳卉腓,皎皎寒潭絜。"

人境喧嚣岂足论，数家茅屋自成村。

日长睡却浑无事，坐看前溪落涨痕。

云栈①休惊蜀道难，有人天际耐高寒。

剑门②细雨诗情好，又况千峰③踏雪看。

注：① 云栈：悬于半空中的栈道。

② 剑门：四川剑阁县境内，有七十二峰。杜甫《剑门》："唯天有设险，剑门天下壮。"

③ 千峰：千峰百嶂，山峦重叠。陆游《晚泊》："身游万死一生地，路入千峰百嶂中。"

岂是鸣驺①入谷时，故巢云水久萦思。

一肩行李归来早，猿鹤空山②尚不知。

注：① 鸣驺：随从显贵出行喝道的骑卒。南朝齐孔稚珪《北山移文》："及其鸣驺入谷，鹤书起陇，形驰魄散，志变神动。"

② 猿鹤空山：喻高士幽隐之地。明刘基《追和音上人》："夜永星河低半树，天清猿鹤响空山。"

水曲山隈①，短衣匹马，桥有村翁，路有从者，吾亦不知，系何人也，要我题诗，随便写写。此亦韵语也，胜于此次所作的诗，然而青松被骂矣，原因或在驴马之间②。癸卯深秋。

注：① 水曲山隈：水流曲折，山地弯曲。

② 驴马之间：谓画中之马，非驴非马，象骡。

癸卯十一月十三日薄暮，祝平邮示即景之作，戏次原韵，藉博一笑①

造化②冥冥自有权③，敢随万卉斗芳妍。

浮生④俯仰空千劫，方寸⑤融和别一天。

明月正宜同我住，寒松何待受人怜。

新醅绿恺⑥君须否？持向愁城⑦足破坚。

注：① 作于1963年12月28日。

② 造化：自然界的创造化育。

③ 权：称物平施，能知轻重。唐陆贽："夫权之为义，取类权衡。"

④ 浮生：人生。《庄子·刻意》："其生若浮，其死若休。"此句喻人生仅是天地悠悠中之一瞬。

⑤ 方寸：心境、心绪。

⑥ 新醅绿恺：新酿的酒。白居易《问刘十九》："绿蚁新醅酒，红泥小火炉。"醅，酿造。绿恺：即绿蚁，亦称绿蚁，酒上绿色泡沫。借指酒。

⑦ 愁城：愁苦难消的心境。北周庾信《愁赋》："攻许愁城终不破，荡许愁门终不开。"

寄陈季鸣①

季子别来无恙。近见为某题记之作，叹其老当益壮，兴复不浅。回忆三十馀年前，相与操觚戏谑，作蜡烛和尚诗，"薄言点之,薄言剪之"。以视今日"诗礼趋庭"之语,风趣固当孰胜?季子倘能低徊往事,想见其人乎? 因知友②之便,寄此一笺,且自隐其名。若前因不昧,则虽非何刘沈谢③,季子亦能自得之一笑,并系拙句于后。阙名顿首。癸卯十一月既望④。

　　恍惚钧天醉未醒,经霜仙鬓见凋零。
　　一囊自亦怜臣朔⑤,莫复人间问岁星⑥。

注:① 陈季鸣:名文无,上海文史馆员。
　　② 知友:指孙邦瑞,沪上知名书画鉴赏、收藏家。
　　③ 何刘沈谢:指南朝诗人何逊、刘孝绰、沈约、谢朓。
　　④ 癸卯十一月既望,即 1963 年 12 月 30 日。
　　⑤ 一囊自亦怜臣朔:引典汉东方朔故事。
　　⑥ 岁星:木星。相传东方朔仕汉武帝为大中大夫,武帝暮年好仙术,与朔狎昵,从朔求长生不老之药。朔尝谓同舍郎曰:天下知朔者,唯大王公耳。及朔卒,武帝召大王公问之,对曰不知。问何能,对以善星历。乃问诸星皆在否?曰:诸星具在,独不见岁星十八年,今复见耳。帝仰天叹曰:东方朔在朕傍十八年,而不知是岁星哉!

　　咫尺翻疑各一天,姓名谁某数从前。
　　思量铜钵金尊畔,裙屐①何人最少年。

注:① 裙屐:裙,下裳;屐,木底鞋。谓衣着入时。

　　弱羽差池①竟失群,天涯空自盼停云②。
　　一般豪气销沉后,湖海飘零③更忆君。

注:① 弱羽差池:新生的羽毛参差不齐。《诗·邶风·燕燕》:"燕燕于飞,差池其羽。"差池,不齐。

② 停云:停住不动的云,指亲友。陶潜《停云》诗:"霭霭停云,濛濛时雨。"自序称:"停云,思亲友也。"

③ 湖海飘零:浪迹江湖,泛指在社会上谋生。《三国志·魏书·陈登传》:"陈元龙湖海之士,豪气不除。"

岂待言愁始欲愁,尺波①无处肯相留。
西风况听山阳笛②,把臂何堪问旧游。

注:① 尺波:尺水之波,微波,喻人生短暂。陆机《长歌行》:"寸阴无停晷,尺波岂徒旋。"

② 山阳笛:山阳,汉置县,现在河南修武县境。魏晋之际,嵇康、向秀等尝居此为竹林之游。后向秀经山阳旧居,听到邻人吹笛,不禁追念亡友嵇康、吕安,因作《思旧赋》。后用山阳指高雅之士聚会之地;山阳笛为怀念故友的典故。

谁擅生花笔①一枝,渐于中晚恕唐诗②。
渭城旧曲③总总罢,只忆西窗剪烛时④。

注:① 生花笔:喻杰出的写作才能。五代王仁裕《开元天宝遗事·梦笔头生花》:"李太白少时,梦所用之笔头上生花,后天才赡逸,名闻天下。"

② 渐于中晚恕唐诗:清龚自珍:"我论文章恕中晚。"中晚唐诗渐行渐衰。

③ 渭城旧曲:即《渭城曲》。唐王维《送元二使安西》:"渭城朝雨浥轻尘,客舍青青柳色新。劝君更尽一杯酒,西出阳关无故人"。此诗亦名《赠别》、《阳关》。渭城曲有三段,歌词重复三遍,故称"渭城三叠",又称"阳关三叠"。

④ 西窗剪烛:指亲友聚谈。李商隐《雨夜寄北》:"何当共剪西窗烛,却话巴山夜雨时。"宋周邦彦《琐窗寒》:"故人剪烛西窗语"。

懒极真难与世通,本无书札到山公①。

片笺仍爱逃名字,权付先生摸索中。

注:① 山公:晋山涛、山简父子时人称山公。山简字季伦,性嗜酒,守襄阳,常游高阳池,饮辄大醉。人为之歌曰:"山公时一醉,径造高阳池。日莫倒载归,茗芋无所知。复能乘骏马,倒着白接篱。"后借指嗜酒朋友。

送徐人侠之淮南①并序

戊戌秋,人侠与小儿兆纶同以获谴谪淮南。数年得免,仍役故处。顷人侠假归期至来别,赋此赠行。人侠操守贞纯,性情诚笃,顾纶儿甚厚,偶暇尚为课读。此诗亦当为我传示纶儿也。癸卯十一月。

无可相留又送行,经时犹未许归耕。

身微岂合矜名节②,臣罪还宜感圣明③。

山野寒霜侵版筑④,风檐残暑隐书声。

望中一片长淮月,愿见心光照太清⑤。

注:① 作于癸卯十一月十八日,即 1964 年 1 月 2 日。徐人侠,1958 年 10 月 31 日与先生长子兆纶同车被遣送劳动教养,后又同在安徽淮南劳动,劳役之馀尚为兆纶补习英语。叶兆纶(1941 年 3 月 5 日—1970 年 7 月 19 日),先生长子。1958 年 5 月,参加社会主义教育学习班学习,历时四月馀,于 10 月 31 日以"思想模糊"被处劳动教养,分配到安徽淮南蔡家岗轮窑厂劳役。当时

兆纶正患结核病,尚未痊愈。1962 年获解除劳动教养,未能回沪。"文革"事起,1968 年初,又集体移送至安徽宿松县利新农场(安徽省第二监狱),重又恢复管教待遇。农场原系安徽泊湖和黄湖内之湿地,筑堤围垦而成。1970 年夏,皖南大水,7 月 19 日堤溃,兆纶不幸遇难,年仅二十九岁。1985 年获纠错平反。先生以兆纶无辜获谴郁郁自责,1975 年亦离世。

　② 名节:名誉与节操。晋李密《陈情表》:"本图宦达,不矜名节。"
　③ 圣明:英明圣哲。韩愈:《琴操》:"臣罪当诛兮,天王圣明。"
　④ 版筑:土墙颓屋。《孟子·告子》:"舜发于畎亩之中,傅说举于版筑之间。"
　⑤ 太清:天道。《庄子·天运》:"行之以礼义,建之以太清"。

八公山诗示徐人侠并儿子兆纶①

淮颍东来望八公,谁携游屐陟青葱。寿州八公山,汉淮南王刘安与八公(左吴、李尚、苏飞、田由、毛披、雷被、晋昌、五被)围棋饮酒处。《水经注》:八公盖能炼丹化金,出入无间,乃与安登山埋金于地。

棋枯劫冷神仙局,石静秋传草木风。苻坚南侵,谢玄御之于淝水,坚登寿阳城,望见八公山草木,皆以为晋兵。

金地近连珠寨冷,长围远接戍城空。寿州北五里有连珠寨。三国诸葛诞据寿春,吴使文钦等驰救,因山乘险,将其众突入城。魏司马昭救王基据北山(即八公山),基不听,筑长围固守,诞等败亡。马头戍城在寿州西北。

登临他日应多愧,学道无能况御戎。

　注:① 作于 1964 年 1 月 2 日。作者在癸卯十一月十八日日记中写道:"近颇作诗,今复成赠人侠及八公山等作。"又在是月廿六日日记有"近颇作诗",廿八日日记中有"作一麟(注:张一麟[1904—2000],籍贯上海,其祖张志瀛沪上名士。一麟 1958 年亦被遣淮南劳动教养)等诗,半月以来作诗将二十首"。现多散佚。

抱遗室感旧诗

叙曰：余索居无俚^①，辄复追念旧俦^②，情之所钟，诚难自已。爰^③就意念所及，为之人作一诗，各弁^④数言，俾见崖略^⑤。嗟乎！海山^⑥怳惚，薤露凄腓^⑦。钧天之梦犹酣，流水之弦^⑧欲绝。昔人云：既痛逝者，行自念也。不其然乎？然而，对尘影而想退踪，抚畴昔而传馀韵，则于故旧之谊，亦庶几弗谖弗渝^⑨相与终古者已。汇而录之，略以其人卒年为次。外有心欲云而语不属者，人天结想^⑩，一以概之。癸卯十二月八日书^⑪。

注：① 索居：孤独散处一方。索，散也。《礼记》："吾离群而索居，亦已久矣。"无俚：亦作无里，犹无聊。扬雄《方言》："俚，聊也。"

② 旧俦：旧时友侣。

③ 爰：于是。

④ 弁：序言。此用作"写（几句）简介"。

⑤ 崖略：约略，梗概。

⑥ 海山：指相隔遥远。

⑦ 薤露：乐府《相和曲》名，系古代挽歌，言人生如薤上之露短暂。凄腓：悲怆凄凉。

⑧ 流水之弦：指《高山流水》古曲。清查慎行《送陈泽州相国予告归》诗："流水一弹真绝调，朱弦三叹有馀音。"

⑨ 弗谖弗渝：不忘记，不违背。《诗·卫风》："犹寐寤言，永矢弗谖。"《诗·郑风》："彼其之子，舍命不渝。"

⑩ 结想：念念不忘，反复思念。

⑪ 癸卯十二月八日：即 1964 年 1 月 22 日。

　　吴公金声，以字行，武进人。居沪为吾家旧邻，故承其知爱最早。公敦①诗书，重道义，赋性刚直，而人以为痴。晚卜筑江湾，读书、饮酒、莳花以自遣。偶于其诗稿中见钤一小印，云"梅花盦沙弥"，则其别有风趣，人尤不之知也。辛酉殁，年五十四。

　　　　敢从俗客问行藏，直道②翻疑是古狂。
　　　　遗草名山谁事业，浮沤③人海本微茫。
　　　　花开丈室通禅味，秫满新畴④作酒香。
　　　　我亦尘间终落莫，抱经愧问旧江乡。

　　注：① 敦：注重，喜欢。
　　② 直道：秉性刚直正道。《论语》："直道而事人。"
　　③ 浮沤：水面上泡沫，瞬息万变。宋方夔《杂兴》："百年身世浮沤里，大地山河旷劫中。"
　　④ 秫满新畴：秫即稷（高粱）之粘者，俗称糯高粱，能酿酒。畴，筹划，打算。

　　刘公祝三，讳颂尧，海门人，余表姨丈也。通文墨，能武艺，尤长于射，且谙农事。与吾家戚谊甚亲厚，爱余尤切。至，往往留作数日谈。投老江乡。壬戌七月而病，余屡省之，竟不起，年六十六。子一侬，工诗古文，亦久逝。

老去神光①尚有馀,当时风骨定何如。

绿沉②小试飞虹箭,青镂③闲钞种树书。

捧袂早承怜晚辈,卧床最忆到秋初。

可堪弓冶④摧残尽,空对荒烟式旧庐⑤。

注:① 老去神光:谓人渐趋衰老而神采依旧。

② 绿沉:浓绿色。凡弓、枪、衣饰器物漆染为绿色者,皆可冠以绿沉。

③ 青镂:青玉雕的笔管,指毛笔。林逋《诗笔》:"青镂墨淋漓,珊瑚架最宜。"

④ 弓冶:父子世代相传的事业。《礼记·学记》:"良冶之子,必学为裘;良弓之子,必学为箕。"

⑤ 式旧庐:拜谒旧居。式庐,登门拜谒。

沈耕莘丈,以字行,青浦人。自少居沪,与先君为昆弟交①。余髫年②即承爱重,所以揄扬诱掖③之者无不至,余往往无以称也。晚跛一足,犹常以事就商。其事业之在吴淞者甚广,墓亦在淞郊。世变之后,不可复问矣。

惭愧中郎重顾雍④,转怜几杖懒相从。

频烦棋局谙宏略,常使苔痕识短笻。

入座惯夸难舞鹤⑤,探珠欲起未驯龙⑥。

一瓢我自看尘劫⑦,独怆淞波几杵钟。

注:① 昆弟交:兄弟交谊。昆,兄也。

② 髫年:幼年。髫,儿童下垂之发。

③ 揄扬诱掖：称许赞扬教导扶持。

④ 中郎：指东汉蔡邕，官左中郎将。顾雍：三国吴人，字元叹。尝从蔡邕学琴书，为吴丞相十九年。

⑤ 舞鹤：使鹤起舞。

⑥ 探珠：探骊得珠简称。《庄子·列御寇》："有以编草帘为生之人，其子入水，得千金之珠。曰：'此珠生九重之下之骊龙颔下，汝定趁其昏睡中得之。如其醒，汝就殁命。'"喻才思敏捷。驯龙：顺服的龙。驯，顺服，使之顺服。

⑦ 一瓢：《论语·雍也》："一箪食，一瓢饮，在陋巷，人不堪其忧，回也不改其乐。"喻生活清苦。尘劫：佛学一世为一劫，无量无边劫为尘劫，指尘世的劫难。

　　金匮邹翰飞先生弢，别字酒匄，又号瘦鹤词人。少与江建霞同学相善，建霞早缀巍科①，而先生仅青一衿，终落拓无所遇。其师叹曰：二生才相若，命不同也。时沪上海禁大开，十里洋场豪华相竞，而四方骚人墨客，亦多来会于此。先生翩然莅止，坛坫②主盟，享盛名者数十年。买宅蒲西，佚然③以老。门树桃李甚盛，而钗凤镜鸾④，尤有湖楼请业⑤之遗风焉。晚境萧瑟，榜其所居小楼曰"守死"。余弱年就见之，乃承拳拳⑥，有蓬山青鸟⑦之恩，不知何以见赏也。刊行所著颇多，惟《三借庐賸稿》《续稿》或犹有存者。

长镵短锸⑧久随身，何处江湖可问津。

西极风云通海甸，南朝金粉属词人⑨。

旧侪玉笋⑩传名早，弟子椒花入颂新⑪。

相赏独怜诗梦晚，小楼谁为借馀春。

注：① 巍科：犹高第。清赵翼诗："已擅巍科最，兼期不朽垂。"

② 坛坫：讲坛。指文人聚会场所。

③ 佚然：佚，通逸，安逸。《庄子·大宗师》："夫大块载我以形，劳我以生，佚我以老，息我以死。"

④ 钗凤镜鸾：钗凤喻夫人，镜鸾喻丧偶。《太平御览》卷九一六引南朝宋范泰《鸾鸟诗序》："昔罽宾王结罝峻祁之山，获一鸾鸟，王甚爱之，欲其鸣而不致也。乃饰以金樊，飨以珍羞，对之逾戚，三年不鸣。夫人曰：'闻鸟见其类而后鸣，何不悬镜以映之！'王从言。鸾睹影感契，慨焉悲鸣，哀响中霄，一奋而绝。"

⑤ 湖楼请业：言招女弟子。典出清中期袁枚女弟子湖楼请业事。湖楼，杭州西湖宝石山庄内。请业，请教学业。

⑥ 拳拳：诚挚眷爱貌。

⑦ 蓬山青鸟：喻常来探视。李商隐《无题》诗："蓬山此去无多路，青鸟殷勤为探看。"

⑧ 长镵短镢：农田工具。长镵，古谓蹠铧，今谓踏犁，亦耒耜之遗制也。镢，锹。

⑨ 西极风云二句：西风东渐，十里洋场纸醉金迷，一派绮靡繁华景象。

⑩ 旧侪玉笋：指邹翰飞同窗江标，字建霞，光绪十五年进士，维新派。

⑪ 椒花入颂：晋刘臻妻陈氏尝在正月初一作《椒花颂》，后用为新年祝词之典。此指女弟子亦聪辩能文。

陈巽倩先生栩，嘉定南翔人。光绪己丑（1889 年）进士，以编修居乡，威柄甚重。余弱冠①时为友人作小文偶为所见，即属其致殷勤，篇章缄札，络绎相继。癸亥秋，特邀余至其槎溪凤翥楼中，接之高宴，终以清谈。闻者皆以为此公遇余特异，然余亦不欲数见也。丁卯，北伐军别部过槎溪，遽将其收系嘉定，竟杀之，年已七十馀。

分草穿花路几重,小楼杯酒语从容。

难随乡里评孙楚②,竞有文章爱蔡邕③。

白发论交犹古谊,青山独往念遗踪。

到今流尽玄黄血④,怅望南溪一倚筇。

注:① 弱冠:《礼记·曲礼上》:"二十曰弱,冠。"后沿称年少为弱冠。

② 孙楚:字子荆,晋太原中都(平遥)人。富文才,陵傲不群,曾为冯翊太守。

③ 蔡邕:字伯喈,东汉陈留人。少博学,好辞章,精音律,工书画。董卓时官累迁中郎将,后以卓党死狱中。

④ 玄黄血:《易·坤》:"龙战于野,其血玄黄。"高亨注:"二龙搏斗于野,流血染泥土,成青黄混合之色。"

沈葵若夫子,讳悦向,余受业师也。乙卯余年十三,公六十五,深承知爱。每袖余所作文夸示朋好。晚境萧瑟,有弟子迎养之。余以时省谒,或侍游宴,意尤相得。公故上海名诸生,及门甚众。少时貌类穆宗,老而白发长髯,神情萧洒,有海鹤之姿。

人物翛然①晋永和,青衫终古奈天何。

受经空忆门墙盛,话旧偏嗟岁月多。

衣钵心传凌北秀②,文章头地③让东坡。

至今水石寻遗韵,负杖兼同载酒过④。

注：① 翛然：无拘无束超脱貌。

② 北秀：即释神秀。《旧唐书·神秀传》："昔后魏末，有僧达摩者，本天竺王子，以护国出家，入南海，得禅宗妙法，云自释迦相传，有衣钵为记，世相付授。"后以衣钵相传指师徒、父子之间学术递相传授继承。凌，高出、超过。

③ 头地：高人一头之地。欧阳修《与梅圣俞书》："读轼书，不觉汗出。快哉快哉！老夫当避路，放他出一头地也"。

④ 载酒过：《汉书·扬雄传下》："家素贫，耆酒，人希至其门，时有好事者载酒肴从游学。"博学高名的典故。

周春葵，川沙人，长余四年。尝假余室下帷读①，已出就事。余体弱家居，绝鲜外出。君每暇辄过余，春秋佳日则必曰：无恙耶？端坐悒悒②何为者，盍从我游。即禀命堂上挈之走园林或郊外，为之适劳逸，量饥饱，虽兄弟之情不过也。乙丑后调任宁波，簿书委顿③，风月流连，无几何时，遂先朝露④。

悒悒常怜病易增，弟兄情谊出良朋。

鞭丝帽影⑤花间酒，棐几缃帘⑥雨夜灯。

听到鹧鸪春欲去，化为蝴蝶梦⑦无凭。

寻踪忍见前尘在，却望烟波一抚膺⑧。

注：① 帷读：张设帷幔作临时读书处。

② 悒悒：忧郁，愁闷。

③ 簿书委顿：为繁缛的文书琐事疲于奔走。

④ 遂先朝露：比朝露还短促，喻去世。

⑤ 鞭丝帽影：马鞭与帽，借指出游。陆游《齐天乐·左绵道中》："塞月征尘，鞭丝帽影，常把流年虚占。"

⑥ 栾几缃帘：香榧木的几案，浅黄色的挂帘。与前"花间酒"，均借指妓院。

⑦ 蝴蝶梦：《庄子·齐物论》记庄子梦为蝴蝶。后因称梦为蝴蝶梦，含有梦幻非真之意。唐齐己《渚宫春日有怀作》："客思莫牵蝴蝶梦，乡心自应鹧鸪声。"

⑧ 抚膺：拍胸口示惋惜，哀叹。

嘉定张梅孙先生松坚，居于南翔镇，即所谓槎溪者。少擅词章，蜚声场屋①。多病早衰。尝小集猗园，余徘徊水石间，先生以天际真人目之，为作二十初度诗，序复有士衡才多之语，余匿而不敢示人。

绣虎雕龙②敢比肩，误将称誉拟前贤。

望中我岂天人③相，见晚公当老病年。

竹屋纸窗堪避俗，药炉经卷自成禅。

词场三影④留遗韵，尚听才名众口传。

注：① 蜚声场屋：传名于地方上。

② 绣虎雕龙：指文采华丽，才气雄杰。曹植七步成章，号绣虎。

③ 天人：犹言天上人，指出类拔萃的人。三国魏邯郸淳称曹植为天人。

④ 三影：宋张先别号。张先善词，有"云破月来花弄影"、"帘幕（压）卷花影"、"堕絮轻无影"，世称诵之，因号张三影。

沈丈明斋，讳元熙，别字桔隐。宝山沈氏以医名，至丈已十六世。其曾叔祖梦塘孝廉更以诗名，嘉庆间有《桂留山房诗集》传世。所居春雨山庄，本元明以来胜地也。丈少受知于俞曲园①、陆凤石②诸先生,然乡试一不售③,即屏④举子业,一耽⑤于诗。中岁后,居槎溪双桥,一主一仆,翛然自适。壬戌岁,余始识之,乃逢人说项⑥,不遗馀力,盖其所寄望者甚远。尝曰:文字之交犹骨肉也。平生知爱如公,殊不易一二见。晚归春雨庄。戊辰六月逝世。倭难作,庄尽毁。所辑同人诗集数十卷及自著《锄月山馆诗》其子皆未携出,并其先代手泽⑦及名贤遗翰,悉付劫灰。

乍契忘年自夙因⑧,关心饮啖更情真。

岂徒晚境怜知己,早为词坛重替人⑨。

文字缘诚同骨肉,死生谊尚托精神。

劫灰种种都遗憾,况我难扶大雅轮⑩。

注:① 俞曲园:俞樾(1821—1907),字荫甫。著述丰,有《春在堂全集》五百馀卷。除诗文外,《春在堂随笔》流传最广。

② 陆凤石:即陆润庠,字凤石,苏州人。同治十三年(1874 年)状元。

③ 不售:考试不中。《诗·邶风·谷风》:"贾用不售。"

④ 屏:屏除,放弃。

⑤ 耽:沉溺,专心研习。

⑥ 说项:为人说好话,替人讲情。唐杨敬之器重项斯,作《赠项斯》诗:"到处逢人说项斯"。

⑦ 手泽:犹手汗。后多用以称先人或前辈的遗墨、遗作等。

⑧ 乍契:初识,刚见面即投合。夙因:前世因缘。

⑨ 替人:接替的人。

⑩ 大雅轮:《诗经》中之大雅的继承运转。《诗大序》:"雅者,正也。言王政之所废兴也。"李白《古风》:"大雅久不作,吾衰竟谁陈。"

　　沈纬良先生元亮,别署野虹,桔隐先生之族弟,梦塘孝廉之曾孙也。家学相承,亦能诗。居于沪东,交游颇广,间日辄过余。一夕谓余曰:近梦与子联吟,所作有蔓草荒烟①句,且亦记有血肉模糊之语矣。余唾且笑,固谓妖梦,不足置念。己巳岁,竟为盗杀。子鼎来,字铸才,与余相隔久。前数年忽自海外归,历访得余,更敦凤谊②,恂恂然,且工诗,能不堕家风也。

　　鱼服宵乘③恨已迟,茫茫天道信难知。

　　绝怜蔓草荒烟梦,犹是携琴载酒时。

　　小阁频年贪话雨,寒燐④数点怕谈诗。

　　通家⑤幸有佳儿在,鲸海归来⑥尚见思。

注:① 蔓草荒烟:蔓生野草,荒野之地。《诗·郑风·野有蔓草》:"野有蔓草,零露漙兮。"
　　② 凤谊:旧谊,往昔的情谊。
　　③ 鱼服宵乘:鱼服,用鱼兽皮制的箭袋,喻随身武器。宵乘,黑夜乘车出行。
　　④ 寒燐:野外燐火,俗称鬼火。
　　⑤ 通家:世代交谊,如同一家。
　　⑥ 鲸海归来:海外归来。鲸海,大海。

　　钱墨宾文郁,宝山人。卒业军校,久历戎行,而有数奇①之叹。致力于诗,亦工书法。与沈桔隐丈有戚谊,因得见余诗卷,亟致殷勤。壬戌后,谢军职,尝执教江阴,寄余游山篇什甚夥。嘉定宝山间,有绿杨桥,其家在焉。每与相见,谐笑间尝谓君乡唇舌②亦能使之意消也。竟不复出,终老于乡。

展卷先烦记姓名,相逢谈笑文纵横。

几疑谢客③成山贼,真见萧郎④作骑兵。

白草关河⑤前梦远,绿杨村舍千风清。

频番最忆深杯语,世乱何嫌髀肉生⑥。

注:① 数罟:数(音促),细密。数罟,细密的网,喻军纪严肃。

② 君乡唇舌:口才言辞称于乡里。

③ 谢客:南朝宋谢灵运,小字客儿,人称谢客。

④ 萧郎:泛指有才能的男子。唐崔郊:"侯门一入深如海,从此萧郎是路人。"清王士祯:"他年我若登三事,但乞萧郎作骑兵。"

⑤ 白草关河:指西域边远地区,牧草干时呈白色。《史记·苏秦传》:"秦四塞之国,被山带渭,东有关河,西有汉中。"

⑥ 髀肉生:喻久离军旅生涯。

李傫渔先生,讳樵一,字半山,定海人。学甚博,先以拔贡为候补道,实无宦情。沧桑后留沪上,韬晦①甚深,人鲜知其寓处。余年二十,以沈丈桔隐之介,贽②以诗,亟欣然延接。时先生年几七十矣。自后,常相晤叙,唱和甚多。先生尤善饮,每见其终日衔杯,渊然穆然,终未尝一遇其醉。诗文积稿甚富,则付之曙后孤星③矣。

倒屣④情诚出肺肝,频烦珍重盼加餐。

敢同酒阵争雄长,恰合书城作宰官⑤。

前辈流风惟我觉，遗编盈尺待谁刊。

海天帆影真何处，空费瑶琴⑥一再弹。

注：① 韬晦：韬光养晦，光芒收敛。借指才能行迹隐藏不露。

② 贽：初次见面时所执的晋见之物。

③ 曙后孤星：谓身后仅遗孤女。唐崔曙中进士作试帖诗《明堂火珠》："夜来双月满，曙后一星孤。"当时以为佳句，及其卒，唯一女名星星，人始悟其自谶也。

④ 倒屣：急于出迎，把鞋倒穿。蔡邕闻王粲在门，倒屣迎之。

⑤ 书城：言书多，环列如城。宰官：泛指官吏。

⑥ 瑶琴：用玉装饰的琴。王昌龄《和振上人秋夜怀士会》："瑶琴多远思，更为客中弹。"

　　嘉定黄允之先生守孚。长才卓识，资望甚高。初，于其妹倩沈冬一先生处见余文字，不以年少见轻，遂相契厚。时先生执教暨南，旋辞归。冬一故居槎溪，余每自沪至槎，则先生辄自嘉定来会。后与其知友陈陶遗、曾孟朴、方唯一等联袂出治苏省，慨然有澄清之志。顾以阀势未戢①，不能贯其初衷，乃决去，复归嘉定。己巳余往访之，出秋蝶图属题，盖其去省垣时寓慨而作，自是亦署别字曰蘧龛。卒以督海塘工程，尽瘁致疾而殁。一时识与不识皆痛惜之。先生馀事工书，屡为余作其大书"泉石从所好，文章如有神"一联，隶法雄劲，尤称得意。

汪汪千顷竟谁俦,促膝频登八咏楼。

曾据要津开幕府,岂容浊世见清流。

鸥心浩逐三江水②,蝶梦寒惊一叶秋。

我蓄平生知己泪,扬鞭忍复问西州③。

注:① 阀势未戢:民国初期,军阀各据一方,乱局尚未平息。江苏系五省联帅孙传芳治下,黄允之与陈陶遗(省长)等一批文人官僚,虽有壮志而无法实行,因当时军阀势力尚未平定,旋告辞还乡。曾孟朴,光绪举人,著《孽海花》闻世。方唯一,本名方还,昆山人,同盟会员,教育家。

② 鸥心:悠闲自在的心境。鸥,一名鹥,水鸮,随潮而翔,悠然自在。语出宋黄庭坚《登快阁》诗:"此心吾与白鸥盟。"三江水:《尚书·禹贡》:"三江既入,震泽底定。"《吴地记》:"以松江、娄江、东江为三江。"代指江南吴地水利工程。

③ 西州:古扬州刺史治所,今南京。晋谢安死后,羊昙醉至西州门,恸哭而去。

宝山潘爵民肇廷,余二十二岁初出任教时相与共事,长余四年。好学工诗,性明敏。病余芒角①,戒护周至,若爱弟然。未几,余辞去,君无聊赖,日溺于酒。因病未婚,瘵难将发,乃先溘逝。

青氈②帐忆旧生涯,才得潘郎见鬓华③。

愁费十千沽竹叶,梦随三九④到梅花。

忠规苦祝神锋敛,遗草悲看醉墨斜。

我自长天怜雁影,魂归莫道竟无家。

注：① 芒角：棱角，指人的锋芒锐气。

② 青毡：士人故家旧物。典出晋裴启《语林》："王子敬（献之）在斋中卧，偷人取物，一室之内略尽。子敬卧而不动，偷遂登榻，欲有所觅。子敬因呼曰：'石染青毡是我家旧物，可特置否？'于是群偷置物惊走。"《晋书》及《太平御览》均有载。

③ 鬓华：花白鬓发。欧阳修《采桑子》词："鬓华虽改心无改。"

④ 三九：指三九天。冬至起九，第三九是一年中最冷之时。

　　张鹿笙丈，讳辛，南汇人。学富才高，性情旷逸①。乡闱②不得志，即绝意进取。栖迟③讲席，于陈编④清酒中，泊然终老。余为其通家子，许为英才，特加奖饰。凡及其门，无不知余。引余同几席者久之，尝闭目喃喃默诵，余问之，张目顾笑，曰：我常为君诵孔北海⑤荐祢衡表也。其倾心如此。年七十馀而殁。余不自振作，落莫以至于今，负公深望，夫复何言。此章虽为公作，实自讼⑥也。

　　　散材⑦我自百无功，惭愧高贤想望中。
　　　荐表人谁登一鹗⑧，感怀诗早寄孤鸿。
　　　绝怜郑国存之武⑨，肯信吴儿竟阿蒙⑩。
　　　名世名山都负负⑪，苦将杯酒酹西风。

注：① 旷逸：心胸开阔超俗。

② 乡闱：乡试应举之地，指考举人。

③ 栖迟：滞留。

④ 陈编：古籍，古书。

⑤ 孔北海：孔融，曾为北海相。

⑥ 自讼:自责,替自己说话。《论语·公冶长》:"吾未见能见其过而内自讼者也。"讼,责。

⑦ 散材:无用之木,喻不为时世所用之人。苏轼《东山浮金堂戏作》:"我子乃散材,有如木轮困。"

⑧ 一鹗:喻贤才。《汉书·邹阳传》:"臣闻鸷鸟累百,不如一鹗。"唐韩愈、李正封《晚秋郾城夜会联句》:"推选阅群才,荐延搜一鹗。"

⑨ 之武:春秋郑国大夫烛之武。僖公三十年,秦晋围郑,使烛之武退秦师。

⑩ 阿蒙:三国吴吕蒙。孙权劝吕蒙"宜学问以自开益"。后蒙苦学,笃志不倦,学识大进。鲁肃上代周瑜,过蒙言议,常欲受屈。肃拊蒙背曰:"吾谓大弟但有武略耳,至于今者,学识英博,非复吴下阿蒙。"蒙曰:"士别三日,即更刮目相待。"后用"阿蒙"谦称自己没有学识。

⑪ 名世名山:名显于世,传世名作藏于名山。负负:惭愧之甚。负,愧也,再言之者,愧之甚。

　　沈冬一先生绍裘,壬戌岁,余识沈桔隐丈,再见之,顷即语余曰:"此间有沈君冬一曾望见子,且就吾读子诗,叹曰:'其清在神,其秀在骨。'观其拳拳之意,必将为子真知己。且其人恂恂①君子,学行纯粹。昔以诸生负笈龙门②,后以事去,罗叔蕴③叹为江南一人者,吾故特为之介也。"旋与先生定交。倾盖如故④,情且日密,事无不言。而于进德修业之道,得先生之攻错⑤为尤多。余至槎溪,辄主其家;先生过沪见访,亦留共晨夕,先慈必亲为治具,曰:若沈冬一先生者,真端人⑥也。先生籍宝山,居南翔,后卜居⑦嘉定清镜塘畔。丁丑倭难作,先生暨夫人避劫来沪。未几,欲从其子传良于杭州,濒行来辞太夫人,即与余依依作别。不意杭又陷而入赣,赣又不能宁居,愈走愈远,流离琐尾⑧达于滇南,连天烽火中,尚勉通音讯，最后竟抵百步。始难之岁，先生年政六十，体不甚健，而又地角天涯，不遑启处⑨。居者岂能无念，书久不达，数逾时而方知其已撄疾⑩去世。迢迢万里之外，竟不生还，欲凭棺一恸而不可得，况讲艺论心，嘉善规过，或篝灯⑪联咏，杯酒接欢，前尘种种之芒乎芴乎⑫，逝之尤远者耶。伤哉！所著《惜盦文稿》及诗稿，不知尚存否？定文之约，固不敢当，但知己遗篇，石交挚谊，在处有不能恝然⑬者，茫茫天壤，后死者仍将有所待也。

故人虽去谊犹存，知己平生亦感恩。
岂独文章关性命，直将肝胆照乾坤。
一灯凉入千秋梦，九死空招万里魂。
我已荒江⑭甘寂寂，更何襟抱⑮可重论。

注：① 恂恂：温顺恭谨状。《论语》："孔子于乡党，恂恂如也，似不能言者。"

② 诸生：经省试录取入府、州、县学者称生员，统称诸生。负笈龙门：背着书箱游学于学富才高之人门下。谓读书甚多。

③ 罗叔蕴：罗振玉（1866—1940），精金文甲骨，著有《殷墟书契》等传世。

④ 倾盖如故：一见如故。倾盖，车上的伞盖靠在一起。《史记·鲁仲连邹阳列传》："谚曰：'白头如新，倾盖如故。'何则？知与不知也。"

⑤ 攻错：喻学人之长，补己之短。《诗·小雅·鹤鸣》："它山之石，可以为错……它山之石，可以攻玉。"攻，治。错，粗磨石。本指琢磨玉石。

⑥ 端人：正直的人。《孟子·离娄下》："夫尹公之他，端人也，其取友必端矣。"

⑦ 卜居：选择定居之处。

⑧ 琐尾:颠沛困顿。《诗·邶风·旄丘》:"琐兮尾兮,流离之子。"朱熹《集传》:"琐,细;尾,末也。流离,漂散也。"

⑨ 不遑启处:无法安居。《诗·小雅·四牡》:"王事靡盐,不遑启处。"毛《传》:"启,跪;处,居也。"

⑩ 撄疾:患病。撄,犯。

⑪ 篝灯:置灯于笼中,即灯笼。清姚鼐《夜读》:"篝灯每夜读,古人皆死矣。"

⑫ 芒乎芴乎:形容不可辨认捉摸。亦写作芒忽、茫惚。

⑬ 怒然:漠不关心,冷淡。

⑭ 荒江:无人往来的江边。

⑮ 襟抱:胸襟和抱负。

　　江都佘莲舫谦,其先尊与先君同学相厚。君自幼于先父母前执子侄礼,甚谨而亲,长余二十五岁,故以小弱弟抚余。精中英文,能诗善书,早入江督幕,易代后亦选参要职。间岁至沪,必来省亲。后谢事不复出。最后于辛未至吾家,年已六十,依依先父母前犹童稚,然先父母亦始终童稚遇之。尝语余曰:吾舍是别无尊长矣,足以博老人欢者,仅此地耳。数要余至扬州,而君则向往九峰,兵兴后寄书尚问及佘山,不知河清①之难候也。

　　远道相思定不间,邗沟风色接云间②。
　　二分杨柳③堤边月,九朵芙蓉④雨后山。
　　旧地何人同把臂,衰亲为汝总开颜。
　　大江南北涛声咽,两处都应化鹤还。

注：① 河清：河水变清，指战事平息。

② 邗沟：邗水、邗江，扬州至淮安间北入淮的运河。云间：沪松江县别称。

③ 二分杨柳：指扬州。唐徐凝《忆扬州》："天下三分明月夜，二分无赖是扬州。"

④ 九朵芙蓉：指松江云间九峰。

　　黄晓城先生侗，义乌举人。己卯岁，余友董柏崖与吴山民方绾①浙东政，驻义乌，先生因得读余书，激赏之而误认其人，乃以是因缘遂相结契②，频寄诗札，称誉过情。且云：老拙何修，获此神交至友。并以所校刊《骆宾王临海集注》寄赠，更拳拳望河之清，冀一相见。然是时寇患方张，先生年事高，不能俟矣，思及仍为腹痛。

　　一缄欢笑契忘年，名士风流似目前。

　　雪岭寒迟游客屐，画溪春望孝廉船。

　　搴旗重检金轮檄③，吮墨亲题玉树篇④。

　　半面薄缘天竟吝，海山归日尚烽烟。

注：① 绾：掌管，控制。

② 结契：结交投合。

③ 搴旗：高举旗帜。此指校刊主编《骆宾王临海集注》。金轮檄：骆宾王讨武曌檄。金轮，武则天称金轮皇帝。

④ 玉树篇：谓称誉后学之辞。

　　邱公敦甫，讳一成，江苏海门人，天主教士。先司铎于嘉定、宝山、上海、青浦等处。余髫年已随先府君谒公槎溪，即承赏誉，数年之间，常获陪侍。甲子后，调任南通。长才毅力，建树宏远，资望既高，宾从亦盛，而余则踪迹转疏。已与长上不协被谪，遂谢人事，独行沪海间。丁亥春仲，忽与相值，亟邀至家，时公六十有八，尚自勤耕凿，盖愈老而愈畸零萧瑟①矣。俯仰今昔，情益深重，于是数数往来如家人。逾年卒于海门。嗟乎，若公者，能知余于始，亦复知余于终者也。

> 佩觿早已识门墙②，学道原知俗味忘。
> 容我周旋同子弟，于公身世悟炎凉。
> 春深琴酒围花座，秋老桑麻③黯草堂。
> 拜墓何时重洒泪，青灯④空自照心光。

注：① 畸零萧瑟：孤单凄凉。畸零，零星数。
② 佩觿：佩戴牙锥，表示已成年。《诗·卫风·芄兰》："芄兰之支，童子佩觿。"毛《传》："觿所以解结，成人之佩也。"门墙：《论语·子张》："夫子之墙数仞，不得其门而入……得其门者或寡矣。"后因称师门为门墙。
③ 桑麻：桑和麻，泛指农事。
④ 青灯：谓油灯，其光青荧。陆游《雨夜》："幽人听尽芭蕉雨，独与青灯话此心。"

王颂丹先生鸿陛，槎溪故家①也。能诗，亦工书法篆刻，而疏懒特甚，癖好晏起，然闻余至槎溪，辄破晓先坐猗园中。余虽喜凌晨入园，先生往往已望而起迎，则相与抚掌。时或郊行，或访旧，皆欣欣然未尝告疲，转笑余无济胜具②。所蓄文物颇多,亦不甚检点。余至,始择佳书画纵观焉。抗战后不复相见矣。

　　乌衣③人识旧门庭,子弟疏慵④亦性灵。

　　短屐转邀寻野墅,小园相伴数晨星。

　　凝烟⑤楼槛花千片,临水轩窗月一屏。

　　安得前尘能入梦,画图重展数峰青。

注:① 槎溪故家:南翔地方的世家大族。
　② 无济胜具:力所不济,无法胜任。
　③ 乌衣:南京秦淮河南有乌衣巷,东晋时王、谢等望族居此,因著名。后用来代指地方上的世家望族。元萨都剌《满红红·金陵怀古》:"王谢堂前双燕子,乌衣巷口曾相识"。
　④ 疏慵:懒散。唐元稹诗:"疏慵日高卧,自谓轻人寰。"
　⑤ 凝烟:氤氲雾气。南朝宋刘铄《歌诗》:"凝烟泛城阙,凄风入轩房。"

　　陆蔼堂丈,讳庆楹,号艾园,海宁人。饱学宏才,诗笔尤健。少以诸生捧檄①来海上,先君与之厚。后至杭郡,易朔后即服政于杭,老始谢职。余始以词翰被赏,而不恒得亲。丁丑公避寇来沪,乃获频停几杖,则更不徒以一节见知②,而于诗又别有所识也。年七十馀,感风疾归杭。

　　庭阶玉树久相关,云锦篇章几往还。

　　双桨早迎沧海月,一官未负故乡山。

　　从公真率者英后③,知我兰成越石间④。

　　岳气⑤难销人已远,明湖⑥愁听雨潺潺。

注：① 捧檄：喻孝子，为母出仕。《后汉书·刘平等传序》：东汉毛义有孝名，张奉去拜访他，恰府檄至，让毛义去任守令，毛义表现出高兴的样子，张奉因此看不起他。后毛母死，义终于不再出去做官，张奉才知他是为亲屈，感叹自己知他不深。

② 一节见知：事的一端为一节，喻见一端而知全貌。《淮南子·说林》："见象牙乃知其大于牛，见虎尾乃知其大于狸，一节见而百节知也。"

③ 真率：直爽，坦率。宋司马光、范纯仁罢政闲居洛阳，与洛中故老结"真率会"，相约酒不过五行，食不过五味。耆英：宋文彦博创"耆英会"，由当时十三位七十岁以上老人组成，诗酒雅集，传为佳话。

④ 兰成：庾信，见《沪江秋感》注。越石：晋刘琨字，所作诗歌多慷慨悲壮，见《沪江秋感》注。

⑤ 岳气：山岳中的精气。

⑥ 明湖：杭州西湖别称。西湖古称明圣湖，简称明湖。

宋圭莹，上海孤儿，为天主教修士。管领小学诸生皆悦服，余数子均厚承顾视。性情诚笃，天真不灭，于余家尤稔①。乙未秋后，教会多故，君虽坦坦无可周内②，然亦常迫受数责。戊戌九月来见，濒行作诀别之辞，余甚讶之，月馀而知其已被发遣至皖之太湖。役甚苦。后移颍上，遇堤决，几溺毙。最后至八公山附近之二道河，饥渴劳顿，延喘③不易。辛丑春，室人视大儿于淮南蔡家岗，以余书并赉粮④一慰问之。是年十一月二十六日竟病逝，年仅四十二，故健者也。余与前别之后，真不复见，每一念及，辄为酸梗。

久于纯朴见真情，抚字群儿亦至诚。
把袂忽闻遗世语，履霜竟作荷戈行⑤。
痛深转觉天难吁，威重原知命本轻。
一望滔滔空洒泪，岂徒淮颍几时清。

注:① 尤稔:尤其熟悉。
② 周内:亦作周纳,弥补漏洞,使之周密。引申为罗织罪状,陷人于罪。
③ 延喘:苟延残喘。延长气息,暂时维持生存。
④ 赍粮:送食物。赍(音基),持物赠人。
⑤ 履霜:谓踩踏霜地而知寒冬将至,喻事态严重。荷戈行:荷,肩负;戈,兵器。背负工具行装赶路。唐张琰《出塞曲》:"寡妻出租税,孤儿荷戈行。"

题　后

茫茫对此竟如何,独向川原①送逝波。

来日定怜知己少,虚生总负故人多。

烛龙②愿觉馀光在,笙鹤③疑闻旧雨④过。

仿佛九原⑤真可作,慰心且莫动悲歌。

注:① 川原:江河原野。
② 烛龙:驾日之神,张目能照耀天下。《楚辞·天问》:"日安不到? 烛龙何照?"
③ 笙鹤:指仙人乘骑之仙鹤。汉刘向《列仙传》载:周灵王太子晋好吹笙,道士浮丘公接上嵩山,三十馀年后乘白鹤驻缑氏山顶,举手谢时人仙去。
④ 旧雨:老友的代称。杜甫《秋述》:"常时车马之客,旧,雨来;今,雨不来。"谓过去宾客遇雨也来,而今遇雨不来了。
⑤ 九原:九泉,黄泉。春秋时,九原系晋大夫墓地,晋平公过九原而叹曰:"嗟乎,此地之蕴吾良臣多矣,若使死者起也,吾将谁与归乎?"金元好问《赠答刘御史云卿》诗之三:"九原如可作,吾欲起韩欧。"

浊世先烦望帝乡,未归人已倦名场①。

早疑嗣祖②生非福,每恐庄周笑不祥③。

灵海④影迷帆远近,孤风⑤声起笛苍凉。

凌云毕竟知何日,月色终看满屋梁。

注:① 名场:名流会聚之所,泛指追逐声名的场所。

② 嗣祖:传承下来的祖先。

③ 不祥:不吉利。《庄子·人间世》:"故解之以牛之白颡者,与豚之亢鼻者,与人有痔病者,不可以适河。此皆巫祝以知之矣,所以为不祥也。此乃神人之所以为大祥也。"意为在他人眼中看来是不吉利的,却正是神人看来是大吉利的事。

④ 灵海:死者之所处。《大戴礼记·曾子天园》:"阳之精气曰神,阴之精气曰灵。"亦称死者为灵。

⑤ 孤风:孤单荒野的寒风。

癸卯岁莫立春①

星汉②昭昭尚未央,晓钟便自报青阳③。

孤芳④应着春消息,小梦微知夜短长。

雪鬓又烦更岁月,天心⑤已觉久冰霜。

送年先得迎佳节,为倚东风一举觞。

注:① 作于癸卯十二月二十二日,即 1964 年 2 月 5 日。岁莫:岁暮,岁尾,一年将尽。

② 星汉:天河。曹操《步出夏门行》:"日月之行,若出其中;星汉灿烂,若出其里。"

③ 青阳:春天。《尸子·仁意》:"春为青阳,夏为朱明。"

④ 孤芳:独秀香花,喻高洁绝俗品格。南朝梁沈约《谢齐竟陵王教撰高士传启》:"真操与日月俱悬,孤芳随山壑共远。"

⑤ 天心:天意。《书·咸有一德》:"克享天心,受天明命。"

醉花阴 题丁惠康①先生摄影

绿到蘼芜②春易曙，梦影知何处？花事怯阑珊③，飞絮④无情又逐行云去。

低徊鸾镜谁相语，有旧时眉妩⑤，愁外远山青，望倦东风屏掩销魂雨⑥。

注：① 丁惠康：(1904—1979)江苏无锡人，沪上名医丁福保之子。同济大学医学系毕业后，游学欧美，获德国医学博士。创办上海虹桥疗养院。精鉴藏古瓷，藏品 1950 年代悉数捐公。为情所累，曾被划为"右派"，1958 年获谴劳动教养。释归，被聘为上海文史馆员。

② 蘼芜：香草。亦名蕲茞、茳蓠、芎𦬆苗。南齐谢朓《怨情》诗："相逢咏蘼芜，辞宠悲团扇。"

③ 阑珊：将尽，零落，残尽。

④ 飞絮：借喻身边的人如柳絮随风飘去。唐罗隐《柳》诗："自家飞絮犹无定，争解垂丝绊路人。"

⑤ 眉妩：如眉样妩媚可爱。

⑥ 东风：春风。此处用唐崔护《游城南》诗意："人面不知何处去，桃花依旧笑春风。"销魂：谓为情所感，若魂魄离散。南朝江淹《别赋》："黯然销魂者，唯别而已矣。"

祝平见示近诗赋此却寄

摇落①重看又此时，江楼我已久栖迟②。

小山③丛桂谁招隐，远水苍葭④独咏诗。

把酒方疑天亦醉,凿坏⑤何用世相知。

头颅悔笑陶弘景⑥,敢向西风惜鬓丝。

注:① 摇落:凋残零落。《楚辞·九辩》:"悲哉,秋之为气也!萧瑟兮草木摇落而变衰。"

② 栖迟:漂泊失意。李贺《致酒行》:"零落栖迟一杯酒,主人奉觞客长寿。"

③ 小山:指淮南小山的《招隐士》。

④ 苍葭:青云。葭,霞。

⑤ 凿坏:谓隐居不仕。坏,同坯,烧器之土坯。

⑥ 陶弘景:字通明,号华阳隐士。南朝梁时秣陵(今南京)人。好医药,从道术,辞官隐居茅山,有"山中宰相"之称,谥贞白先生。《南史·隐逸·陶弘景传》:"善辟谷之法,自隐处四十许年,年逾八十而有壮容。"

秋日遣兴①

弹指飙尘②似梦中,清秋歌啸复谁同。

随人俯仰情偏懒,厄我饥寒技亦穷。

小院晴光怜病鹤,遥天海色隐孤鸿③。

何时寄傲沧洲④外,更向烟波问钓篷。唐张九龄诗:"孤鸿海上来,池潢不敢顾。侧见双翠鸟,巢在三珠树。矫矫珍木巅,得无金丸惧。美服患人指,高明逼神恶。今我(孤鸿)游冥冥,弋者何所慕。"

注:① 作于甲辰秋,即 1964 年 10 月 28 日。

② 飙尘:狂风卷起的尘埃,喻人生短促行止无常。《古诗十九首》:"人生寄一世,奄忽若飙尘。"

③ 孤鸿:孤单的鸿雁,不受羁束。

④ 沧洲:滨水之地,喻隐士居处。三国魏阮籍《为郑冲劝晋王笺》:"然后临沧洲而谢支伯,登箕山以揖许由。"《陈书·高祖纪下》:"朕东西退让,拜手陈辞,避舜子于箕山之阳,求支伯于沧洲之野"。支伯、许由,古之贤士。

早应斫地^①倦悲歌,如此襟期^②又奈何。

冷暖天时经岁遍,风霜诗味得秋多。

难从大海携琴去,谁向篱前载酒过。

落落^③人间原小住,不妨块磊^④恣消磨。

杜甫诗:"王郎拔剑斫地歌莫哀,吾能拔尔抑塞磊落之奇才。"

携琴海上见列子。列子,列御寇,春秋郑国人。

采菊东篱,白衣送酒陶渊明事。

注:① 斫地:用刀砍地。
② 襟期:襟怀,志趣。
③ 落落:零落,形容孤独寂寥。左思《咏史》:"落落穷巷士,抱影守空庐。"
④ 块磊:喻胸中郁结。

秋日戏书寄祝平^①

病馀自亦笑痴顽^②,尘境^③何心更往还。

无可骄人惟白发,依然入梦有青山。

望中孤鹤^④翩翩远,劫外轻鸥日日闲。

剩物^⑤仅容安置我,秋风破屋尚三间。唐舒元舆《贻诸弟砥石命》:"生前为造化剩物。"

注:① 作于甲辰秋,1964 年 11 月 10 日。

② 痴顽:藏拙,不合俗流。

③ 尘境:佛教语,以色、声、香、味、触、法为六尘。后指现实世界为尘境。

④ 孤鹤:孤单的鹤。苏轼《后赤壁赋》:"适有孤鹤,横江东来。"

⑤ 剩物:废物,多馀之物。舒文云:"而或公然忘弃砺名砥石之道,反用狂言放情为事,蒙蒙外埃,积成垢恶,日不觉瘠,以至于戕正性,贼天理,生前为造化剩物,殁复与灰土俱委,此岂不为辜负日月之光景耶!"

失　眠①

不寐亦何碍,萧萧万籁空②。

恍疑消白日③,非想④入玄风。

夜气应凌汉,心光⑤欲吐虹。

荒鸡⑥声莫作,起坐此宵中。

注:① 作于 1964 年冬。

② 万籁空:万籁俱寂。籁,从孔穴中发出的声响。万籁,各种声响。

③ 白日:泛指时日、时光。

④ 非想:《楞严经》:"于无尽中,发宣尽性,如存不存,若尽非尽,如是一类,名非想非非想处。"

⑤ 心光:指内心深处的本原。陆游《五更起坐》:"煜煜心光回自照,绵绵踵息浩无声"。

⑥ 荒鸡:三更前啼的鸡,为恶声,主不祥。

游仙杂事诗①

　　零雨送秋，初霜应节，蛩声②咽夜，蝶梦③惊寒。起揽衣而徘徊，忽驰神于窅眇④。既涉遐想，遂托游辞。似诔德⑤于笔端，聊寄愁于天上。嗟乎！仙心易老，逸志难骞，远望帝乡，独藏人海。乃犹谢昌黎之屈曲⑥，更何谪淮南之疏狂⑦。不其优哉！行自笑矣。大江东去，斜汉⑧西流。留枕无因，移灯复坐。奚待再吹龙笛，恐惊海水之飞⑨。且当小酌螺尊，漫阅桑田之变云尔。阏逢执徐十月庚申⑩。

　　注：① 游仙：脱离尘俗，游心仙境。游仙诗始于晋何劭、郭璞及唐之曹唐，作大、小游仙诗，大播于时。自后游仙诗则多借仙境以喻世间万象。

　　② 蛩声：秋虫声。蛩，蟋蟀。白居易《禁中闻蛩》："西窗独闇坐，满耳新蛩声。"

　　③ 蝶梦：昔庄周梦为蝴蝶，俄而觉，则蘧蘧然周也。后因称梦为蝶梦。

　　④ 窅眇：深远貌。

　　⑤ 诔德：累述死者功德。

　　⑥ 谢：避免，避开。昌黎：韩愈，其郡望昌黎。屈曲：委屈曲折。韩愈因事几遭贬谪。

　　⑦ 谪：遭谴责，获罪。淮南：汉淮南王刘安。因惑于田蚡之言欲谋反，被告发自杀。今存《淮南子》二十一篇，亦名《鸿烈》，鸿是大，烈是明，即大明道理的书。文辞恣肆汪洋，纵横跌宕，为汉一代珍奇作品。疏狂：性情纵放，不受约束。

　　⑧ 斜汉：向西南偏斜的银河，指秋天。南朝宋谢庄《月赋》："斜汉左界，北陆南躔。"

　　⑨ 海水之飞：喻世事变迁之快。

⑩ 阏逢执徐:甲辰。《尔雅·释天》:"太岁在甲曰阏逢。太岁在辰曰执徐。"太岁,木星。作于甲辰十月初四,即 1964 年 11 月 7 日,立冬。

圆海初沉①点点星,碧幢绛节拥云屏②。

新宫百幅龙鸾字③,只写东皇万岁经。

注:① 圆海初沉:太阳刚刚沉落。
② 碧幢绛节拥云屏:青色帷幔,红色旌旗,巨幅屏障。
③ 龙鸾字:龙飞凤舞的字。

不觉尘寰①有暖寒,五云②深处倚阑干。

东风乱洒桃花雨③,笑作丹砂狡狯看。

注:① 尘寰:人世间。
② 五云:青、黄、赤、白、黑五色瑞云,指云霄。
③ 桃花雨:李贺《将进酒》:"况是青春日将暮,桃花乱落如红雨。"

郑重河图①大道存,儒书梵夹尽旁门。

已知他日灵霄殿,万古垂裳②定一尊。

注:① 河图:即河图洛书。汉孔安国《传》:"伏羲王天下,龙马出河,遂则其文以画八卦,谓之'河图'"。《易·系辞上》:"河出图,洛出书,圣人则之。"河,黄河;洛,洛水。代表中华文化之起始。
② 垂裳:《易·系辞下》:"黄帝尧舜垂衣裳而天下治,盖取诸乾坤。"

金瓯①无缺语堂堂,眼底昆仑接大荒②。

却怪圆冥③分片月,华鬘④别自礼天王。

注:① 金瓯:盛酒器具,喻国土、疆域。
② 大荒:辽阔的边远地方。
③ 圆冥:即玄冥,北方之神。《楚辞·大招》:"冥凌浃行,魂无逃只"。
④ 华鬘:南亚人用的花形饰物。

灵鹫山高①翠水深,本来仙佛岂相侵。

散花②一自分香界,天女维摩各有心。

注:① 灵鹫山:如来佛讲经处。
② 散花:天女散花。《维摩诘所说经·观众生品》:"时维摩诘室有一天女,见诸大人,闻所说法,便现其身,即以天华散诸菩萨、大弟子上。华至诸菩萨即皆堕落,至大弟子便着不堕。一切弟子神力去华,不能令去。"

六甲真符①记不差,天威堪向万灵夸。

掌心一掣炎光诀②,火树惊开顷刻花。

注:① 六甲真符:五行方术之一,遁甲术。
② 掌心一掣:道术,手掌能发出巨大声响的一种法术。掣,拽、一闪而过。炎光诀:点火秘诀。炎,通焰,火焰、光焰。

放鹤①迎来十种仙,星冠霞帔②各朝天。

白榆③栽得知多少,分赐何愁九府钱④。

注:① 放鹤:传鹤为仙人坐骑。

② 星冠霞帔:方士所着衣帽。

③ 白榆:指星。《古乐府·陇西行》:"天上何所有,历历种白榆。"

④ 九府钱:古代掌管财政的官叫九府。

绘影灵光①胜画师,十洲②有客品妍媸③。

谁令方朔传真相,仙骨偏怜捧粟时。

注:① 绘影灵光:传神写照的神光。

② 十洲:指祖、瀛、玄、炎、长、元、流、生、凤麟、聚窟十洲,传说在八方大海中,为神仙居处。

③ 妍媸:美好与丑恶。刘义庆《世说新语·巧艺》:"四体妍媸,本无关妙处,传神写照,正在阿堵中。"此语出晋顾恺之。阿堵,此处。

天市芒寒①律不宽,玉皇案吏惯纠弹②。

移居莫说仙公事,一到墉城③拔宅难。

注:① 芒寒:光色清冷,望而生畏。

② 案吏:谓惩办下属官吏。纠弹:举发弹劾。

③ 墉城:传说西王母居住处。

按部仍论位业图①,各修性命住玄都②。

起居总属神仙注,先乞灵飞种种符③。

注:① 按部:按部就班,按一定的规矩。位业图:南朝梁陶弘景《真灵位业图》,将神仙分为七个等级。

② 性命:《易·乾》:"乾道变化,各正性命"。疏:"性者天生之质,若刚柔

迟速之别；命者人所禀受，若贵贱夭寿之属是也。"玄都：即"玄都紫府"，乃是太上老君所居之地。

　　③ 灵飞符：修身养生之种种方法。《道藏》中有"灵飞六甲左右上符"等诸般名目。

　　　　学道还疑学佛兼，机锋①触处口难箝。

　　　　趺跏②围坐论心迹，最怕狐禅棒喝严③。

　　注：① 机锋：机警锋利的语句。苏轼《金山妙高台》："机锋不可触，千偈如翻水"。

　　② 趺跏：双足交叠盘腿端坐。

　　③ 狐禅：禅门指妄称开悟，流入邪僻者。棒喝：佛教中禅师棒打口喝以验知初学者根机（领悟佛理）的利钝。

　　　　才到云中尚有私，凡心生恐别人知。

　　　　出笼多少闲鹦鹉，偷听清霄礼忏辞①。

　　注：① 清霄：清静的夜晚。霄，同宵。礼忏：礼拜与忏悔，亦称拜忏。

　　　　科诚①森严岂等闲，灵司②执法重如山。

　　　　上清一谪③归难定，几辈承恩赐玉环④。

　　注：① 科诚：指玄科戒律，律法。

　　② 灵司：天上的掌法官。

　　③ 上清：道家三清，玉清、上清、太清。上清亦指宫观道长。谪：贬谪。

　　④ 玉环：玉制圆形佩饰。又指圆月，意团圆。

造化玄机^①不暂停,那容鼓腹^②慰生灵。

种芝修月^③都辛苦,敕许尊仙使六丁^④。

注:① 玄机:天机。

② 鼓腹:吃饱肚子。指饱食。

③ 种芝修月:工农业劳作。

④ 六丁:是六甲中丁神,天帝所役使。韩愈《调张籍》:"仙官敕六丁,雷电下取将。"

玉漏沉沉^①有所思,细添石黛^②斗风姿。

蕊珠排日^③修眉谱,深浅都愁不入时。

注:① 玉漏沉沉:深夜。玉漏,计时漏壶。滴漏发出的声音悠远隐约。宋家铉翁《和唐寿隆上元》:"满城和气在春台,玉漏沉沉铁锁开"。

② 石黛:画眉用颜料。南朝梁徐陵《玉台新咏序》:"南都石黛,最发双蛾。"

③ 蕊珠:蕊珠宫。宋邵雍《二色桃》:"疑是蕊宫双姊妹,一时俱肯嫁春风。"排日:逐日,每天。

丹山瑞应^①凤声清,帝女荣光识右英^②。

宠锡转惊天眷重^③,华冠不比步摇轻^④。

注:① 丹山:产凤之山名。《吕氏春秋》:"流沙之西,丹山之南,有凤之丸,沃民所食"。瑞应:古以为天降祥瑞以应人君之德。

② 右英:德才超群的精英。

③ 宠锡:皇帝恩赐。天眷:天帝的眷顾、恩宠。唐元稹《为萧相让官表》:"伏望再移天眷,重选时英。"

④ 华冠:以桦木皮做的帽子。亦名"建华冠",即鹬冠。"原宪虽贫,不离华冠",冠虽重而不去。步摇:妇女头冠上的饰物,走动而摇晃。

不用明珠纪岁华,瑶台尽日护青霞①。

天宫陡树春应好,却待闲人扫落花。

注:① 青霞:青云,引申指高人雅士。

绮寮檀板①亦逢场,弦索②新迎桂殿凉。

却有寒簧③心独苦,曲终风露冷霓裳④。

注:① 绮寮:挂有华丽素幔的小窗。檀板:檀木做的拍板。

② 弦索:乐器上的弦。

③ 寒簧:寒筜。笛、箫等竹制乐器。

④ 霓裳:霓,云霞,以霓为裳。指舞服、戏服,代指戏曲演员。

垂虹柳色绿如云,南部争看白练裙①。

可惜青娥②心不老,漫传浪语媚东君③。

注:① 白练裙:戏曲名。明郑之文(应尼)为名妓马湘兰作《白练裙》杂剧,备极讥调。

② 青娥:青女,主司霜雪女神。

③ 浪语:妄言,无根据的话。东君:东王公,掌管男仙名籍。曹操《陌上桑》:"济天汉,至昆仑,见西王母,谒东君。"

五羊①早共列仙游，绣虎才高誉九州②。

何事不从香海③去，燕山④老骨冷吟秋。

注：① 五羊：指广州。相传五仙人乘五色羊执六穗秬而至此。

② 绣虎：称擅长诗文词藻华丽者。《玉箱杂记》："曹植七步成章，号绣虎。"九州：神州大地。

③ 香海：香港别称。

④ 燕山：在今北京房山区，泛指北京。

隔世蘼芜①付渺茫，晚将图艺问轩皇②。

回春自有金丹诀③，领取蓉城④种海棠。

注：① 蘼芜：一种香草，多年生植物。

② 图艺：有关八卦占验的事。图，河图。轩皇：轩辕氏黄帝。

③ 金丹诀：古代方士炼金石为丹药的秘诀。

④ 蓉城：四川成都的别称。四川海棠，久负盛名。宋沈立诗："岷蜀地千里，海棠花独妍。"

琼树①年年长玉柯，胡麻②饱后奈情何。

云都亦有鸳鸯社③，无那春风待阙④多。

注：① 琼树：仙界玉树，指代仙女。

② 胡麻：芝麻。胡麻炊成的饭叫胡麻饭，仙人所食。

③ 云都：天上都市。鸳鸯社：男女欢会之所。

④ 待阙：虚位以待。

青天碧海忍伶俜^①,精卫娲皇^②互乞灵。

衔石银潢清浅水^③,要栽连理接双星^④。

注:① 伶俜:孤单貌。晋潘岳《寡妇赋》:"少伶俜而偏孤兮,痛切怛以摧心。"

② 精卫:鸟名。炎帝少女溺水东海而为精卫。娲皇:女娲氏。

③ 衔石:《山海经·北山经》:"炎帝之少女名曰女娃,游于东海,溺而不返,故为精卫,常衔西山之木石,以堙于东海。"后因以"衔石"喻为达目标而坚持下去。银潢:银河。清黄遵宪:"君看银潢一道斜,小星竞向鹊桥渡。"

④ 连理:异根草木,枝干连生。后称夫妻为连理。双星:牵牛、织女二星。

云锦机丝寸寸量,偷闲种玉岂寻常。

婴儿姹女^①须珍重,己见琼田算鹤粮^②。

注:① 婴儿姹女:道家炼丹术语,称铅为婴儿,水银为姹女。又指男女。

② 己见:己,天干第六位,为季夏之月,即六月。喻收割之前。琼田:种玉之田。朱熹《芹》诗:"琼田何日种,玉本一时生。"鹤粮:口粮。唐皮日休《暇日独处寄鲁望》:"园蔬预遣分僧料,廪粟先教算鹤粮。"

名箓编齐送羽轮^①,三千水是浣纱津^②。

欲夸阆苑^③春常满,不惜夭桃^④赠外人。

注:① 名箓:天曹官吏的名籍。羽轮:以鸾鹤驭车,神仙所乘。

② 三千水:《庄子·逍遥游》:"鹏之徙于南冥也,水击三千里,抟扶摇而上者九万里。"浣纱津:出美女之地。绍兴若耶山下若耶溪,相传为西施浣纱处。

③ 阆苑:缥缈天外,神仙居处。

④ 夭桃:《诗·周南·桃夭》:"桃之夭夭,灼灼其华。"夭夭,美丽。

谟觞宝笈重琼琚①，脉望②能仙事不虚。

正好绮年修慧业③，几人读到上清书④。

注：① 谟觞宝笈：藏仙书之所。唐冯贽《记事珠》："嵩高山下有石室名谟觞，内有仙书无数，方曲读书于内。"宝笈（籍），珍贵书籍。琼琚：玉佩。

② 脉望：传说蠹鱼所化之物。《仙经》曰："蠹鱼三食神仙字，则化为此物，名曰脉望。"《太平广记》卷四二引《原化记·何讽》："唐建中末，书生何讽尝买得黄纸古书一卷，读之，卷中得发卷，规四寸，如环无端……名曰脉望。"

③ 绮年：华年，青年。慧业：智慧的业缘。

④ 上清书：天书，深奥的书。

云璈①弹倦转凄清，洵美②西方远寄情。

觅得灵槎③星外路，天风吹送董双成④。

注：① 璈：乐器名。《汉武帝内传》："王母乃命诸侍女王子登弹八琅青之璈。"

② 洵美：《诗·郑风》："彼美孟姜，洵美且都。"洵，信也，诚然，实在。

③ 槎：木筏。

④ 董双成：西王母侍女，炼丹成道，自吹玉笙，驾鹤升仙。

控鹤骖鲸①技亦工，玉囮金饵②诧成功。

飞潜③定是无灵物，帖耳天曹④驾驭中。

注：① 控鹤骖鲸：掌控仙鹤驾驭大鲸。骖，三马驾一车。

② 玉囮金饵：诱饵。囮（音讹），囮子，捕鸟时用来引诱同类鸟的鸟，亦叫 鹨子。

③ 飞潜：指鸟和鱼，喻天上地下。

④ 帖耳天曹：听命驯从的差役。帖耳，耳朵下垂，示驯服。

侍女含羞阿母惊，师师韵事播层城①。

销魂图画藏春色，想见温馫②倚玉情。

注：① 师师：宋徽宗所钟名妓李师师。层城：九天之上的都市，天庭，指京师。

　　② 温馫：馫，馨。温暖馨香。唐刘禹锡诗："紫髯翼从红袖舞，竹风松雪香温馫。"

仙家岁月亦消磨，万古青青①景若何。

云际哀蝉催落叶，清商也似楚声多②。

注：① 万古青青：千秋万代，长久延续下去。

② 清商：宫、商、角、徵、羽五音中之商音，调凄清悲凉。"清商发林际，飑飑动秋声。"楚声：楚地曲调。孟郊《同从叔简酬卢殷少府》："梅蔚吟楚声，竹风为凄清。"苏轼《竹枝歌序》："'竹枝歌'本楚声，幽怨恻怛，若有所深悲者。"

题　后

碧城①几度报花开，诉到尘心②亦可哀。

好景江南回首看，日斜风定燕归来③。

注：① 碧城：《太平御览》："元始天尊居紫云之阙，碧霞为城。"

② 尘心：凡俗之心，名利之念。白居易《冯阁老处见与严郎中酬和诗因戏赠绝句》："纵有旧游君莫忆，尘心起即堕人间。"

③ 燕归来：燕为玄鸟。五代齐己《新燕》："燕燕知何事，年年应候来。"

不住仙京白玉楼，人间萧散①几春秋。

黄粱熟未何须问②，一枕松风梦外游。

注：① 萧散：萧条，凄凉。晋潘岳《哀永逝文》："视天日兮苍茫，面邑里兮萧散。"

② 黄粱熟未：黄粱梦典。唐沈既济《枕中记》载："卢生于邯郸客店中遇道士吕翁，生自叹穷困，翁探囊中枕授之曰：枕此当令子荣适如意。时主人正蒸黄粱，生梦入枕中，享尽富贵荣华，及醒，黄粱尚未熟。怪曰：岂其梦寐耶？翁笑曰：人世事亦犹是矣。"

刘海粟先生以画马见示，读退翁所题诗，感而作此，即寄海老①

岂在空群誉，谁知伏枥心。

望云嗟一蹴，留骨笑千金。

终抱超尘想，何烦执策临。

龙媒今有几，松柏远萧森。

一、空群：《韩愈送温处士赴河阳军序》：伯乐一过冀北之野，而马群遂空。

二、伏枥：曹操乐府诗：老骥伏枥，志在千里。烈士暮年，壮心未已。

三、一蹴：《宋书》：刘瑀与何偃同从郊祀，偃乘车在前，瑀策驷居后，谓偃曰：骐骥罹于羁绊，所以居后。偃曰：何不着鞭，使致千里？答曰：一蹴自造青云，何至与驽马争路。

四、千金：《国策》：古之君人有以千金求千里马者，三年不能得。涓人言于君曰：请求之。君遣之。三月得千里马,马已死,买其骨五百金,反以报君。君大怒,曰:所求者生马,安事死马而捐五百金? 涓人对曰:死马且买之五百金,况生马邪? 天下必以王为能市马,马今至矣。于是不朞年,千里之马至者三。牛上士《古骏赋》千金买骨君倘知。

五、超尘:《庄子·徐无鬼》:天下马有成材,若恤若失,若丧其一,若是者,超轶绝尘,不知其所。

六、执策:韩愈《杂说》:执策而临之曰:天下无马。鸣乎! 其真无马耶? 其真不知马也。

七、龙媒、松柏:龙媒,骏马也。《汉武帝天马歌》:天马徕兮龙之媒。杜甫《韦讽录事宅观曹将军画马图》:君不见,金粟堆前松柏里,龙媒去尽鸟呼风。

注: ① 作于乙巳八月十二日,即 1965 年 9 月 7 日。

附:叶遐菴恭绰题画诗

兀律千金骨,昂藏六尺身。

老来讥学步,意岂在空群。

顾影宁伤暮,含情孰写真。

只应尊骥德,秃笔为传神。

中　秋①

懒向青天问,举杯独酌时。

且看云散尽,未恨月来迟。

霄净开心镜②,光寒入鬓丝。

乘风③定何日,玉宇影参差。

注:① 作于乙巳中秋,即 1965 年 9 月 10 日。

② 心镜:人心明净如镜,能照万物,故称心镜。《圆觉经》:"慧目肃清,照曜心镜。"

③ 乘风:乘风而去。曹植《升天行》:"乘风忽登举,仿佛见众仙。"苏轼《水调歌头·明月几时有》:"我欲乘风归去,惟恐琼楼玉宇,高处不胜寒。"

题丁惠康先生摄秋塘莲叶①

秋风吹断采莲歌,不见红裳映绿波。

十里横塘舟一叶,潇潇听得雨声多。

注:① 作于乙巳十月,即 1965 年 11 月。

附:刘海粟先生次韵

渡头初唱采莲歌,南浦东风涨绿波。

正是晚凉新雨后,青山不似白云多。

沈铸才先生次韵

横塘风送采莲歌,知有轻桡击素波。

折得藕丝情意蜜,剥开莲子苦心多。

海粟先生录示黄山云海之作，余未至其地，辄为向往而和之

与君论山趣，一夕胜谈瀛①。

云拥沧溟阔，涛生众壑平。

长风②真欲御，绝顶共谁行。

还向高寒坐，千峰看月明。

注：① 谈瀛：李白《梦游天姥吟留别》："海客谈瀛洲，烟涛微茫信难求。"瀛，瀛洲，仙人所居处。

② 长风：远风。《宋书·宗悫传》："悫年少时，炳（叔父）问其志，悫曰：'愿乘长风破万里浪'"。

海粟先生前以画兰寄其老友郑君光汉，顷出示郑君自星洲寄答诗缄，属赓和以为声应，因赋呈海老，俾示郑君

旧踪懒复诉长檠①，沧海书来眼忽明。

健者今生偏落莫，才名绝域尚纵横。

兰丛欲荐骚人怨，云外谁知故国情。

寄傲幸看三径②在，且应松菊未寒盟。

注:① 诉长檠:喻说来话长。檠,灯架。

② 三径:指归隐者家园。陶潜《归去来辞》:"三径就荒,松竹犹存。"

和郑君诗后,再有此作,戏柬海老

何曾一叛负狂奴①,手掠清空入画图。艺术叛徒,海翁外号。东坡《题烟江叠嶂图诗》:江山清空我尘土。

海畔云山归几席,江东人物自菰芦②。江东菰芦中生此奇才,武侯语也。

望中零雨秋萧瑟,醉后钧天③梦有无。

掷笔更寻尘外想,蓬莱水色问麻姑。麻姑诣曰已见东海三为桑田,向到蓬莱又水浅于往日,岂将复为陵陆乎。

注:① 狂奴:狂放不羁之人。

② 菰芦:水生植物茭白芦苇,喻普通一般。"江东菰芦中生此奇才",刘海粟为江苏武进人。

③ 钧天:钧天广乐,指天上音乐,仙乐。汉张衡《西京赋》:"昔者大帝说秦缪公而觐之,飨以钧天广乐,帝有醉焉。"金元好问《步虚词》:"人间听得霓裳惯,犹恐钧天是梦中。"钧天梦:谓梦中佳境。

题海翁近影①

经时不相见,发鬓更皤然②。

放眼空沧海,栖身得半廛③。

有人惊冷暖，于我本云烟④。

欲与论杯酒，忽忽过旧年。

注:① 作于乙巳岁末,即 1966 年 1 月。

② 皤然:白貌。

③ 半廛:古称一夫一家所居之地为一廛。半廛指所居地之一隅。

④ 云烟:云气烟雾,转瞬即逝,不能留驻。

曦赴崇明劳动，作此勉之①

曦儿被派至新安沙协助秋收,书告近况,作此示之。

谁谓饥驱去②,遄征③气自豪。

艰难知稼穑④,浩荡阅风涛⑤。

海阔诗情远,天清霁色高。

稻粱谋⑥已足,舒啸向东皋⑦。

注:① 作于丙午十月十一日,即 1966 年 11 月 22 日。

② 饥驱:陶潜《乞食》诗:"饥来驱我去,不知竟何之。"

③ 遄征:急行出征,迅速赶路。蔡琰《悲愤诗》:"去去割情恋,遄征日遒迈。"

④ 稼穑:耕种收获,农业劳作。《书·无逸》:"先知稼穑之艰难,乃逸。"

⑤ 风涛:风浪。南朝宋颜延之《车驾幸京口侍游蒜山作》:"春江壮风涛,兰野茂黄英。"

⑥ 稻粱谋:谋求生计。龚自珍:"著书都为稻粱谋。"

⑦ 舒啸:放声长啸。陶潜《归去来辞》:"登东皋以舒啸,临清流而赋诗。"东皋:水边向阳高地,泛指田地,原野。

题海粟《桐江雾渡图》①

一叶渡残梦,群山亦未醒。

岚光沉极浦②,水气蔽前汀③。

击楫④凌空阔,褰裳⑤出杳冥。

桐君⑥应有约,待看数峰青。

注:① 作于己酉二月十三日,即 1969 年 3 月 30 日。

② 岚光:早晨日光照射山中雾气发出的光彩。极浦:遥远的水滨。《楚辞·九歌·湘君》:"望涔阳兮极浦。"注:"极,远也;浦,水涯也。"

③ 前汀:水边平地,小洲。

④ 击楫:敲打船桨。晋祖逖渡江北伐,中流击楫而誓。

⑤ 褰裳:撩起下裳。《诗·郑风·褰裳》:"子惠思我,褰裳涉溱。"

⑥ 桐君:传说黄帝时的药师,采药桐庐,结庐桐树下,遂称桐君。

乞海粟画梅①

嚼雪餐冰冷自知,怕看烂漫斗芳时。

凭君玉照翻新谱,为写东风第一枝。

注：① 作于己酉二月十三日，即 1969 年 3 月 30 日。海粟读之深为叹服，言起结尤佳。

种　草①

九十春光②阅未迟，典衣仍短买花赀③。

腾身万紫千红外，却爱湖堤绿满时。

注：① 作于己酉二月十三日，即 1969 年 3 月 30 日。

② 九十春光：一季九十日，谓春天。唐陈陶《春归去》诗："九十春光在何处？古人今人留不住。"

③ 赀：通资，钱财。

懒向东皇①更乞灵，淡烟微雨梦初醒。

欲将小草窗前种，看作春风万里青。

注：① 东皇：东方青帝，司春之神。唐戴叔伦《暮春感怀》："东皇去后韶华在，老圃寒香别有秋。"杜甫《幽人》："风帆倚翠盖，暮把东皇衣。"

澂儿为写象，形不甚真，神则是我，喜而题之①

倦眼看何世，苍凉阅岁年。

埋愁须有地，动问似无天。

破砚犹存耳,空樽亦晏然②。

披图成一笑,还与我周旋③。

注:① 作于己酉季冬,即 1970 年 1 月。

② 晏然:安闲状。

③ 与我周旋:《世说新语·品藻》:"桓公少与殷侯齐名,常有竞心。桓问殷:'卿何如我?'殷云:'我与我周旋久,宁作我。'"

感　怀

转绿成黄即古今,区区荣辱漫相寻。

伤时肯下千行泪,抗志先寒十族①心。

形役②难贪彭泽酒,手挥未绝广陵琴③。

全躯岂谓犹孤往④,已觉崎岖入世深。

注:① 十族:古时刑罚有"株连九族"一条,"九族"包括父族四、母族三、妻族二。明燕王朱棣废建文帝自立,命方孝孺起即位诏,方不从,朱棣极怒之下加方孝孺门生一族,为十族,一并株连。清谷应泰《明史纪事本末·壬午殉难》:"文皇大声曰:'汝安能邃死。即死,独不顾九族乎?'孝孺曰:'便十族奈我何!'文皇大怒……大收其朋友门生。"

② 形役:谓为形骸所拘束、役使,犹言为功利所累。陶潜《归去来辞》:"既自以心为形役,奚惆怅而独悲?"

③ 手挥:三国魏嵇康《四言赠兄秀才公穆入军诗》之十四:"目送归鸿,手挥五弦,俯仰自得,游心太玄。"广陵琴:嵇康善弹《广陵散》曲,后下狱,临刑弹此曲曰:《广陵散》于今绝矣。此二句响往陶潜的志向,嵇康的才华。

④ 孤往:独自前往,喻归隐。陶潜《归去来辞》:"怀良辰以孤往,或植杖而耘耔。"

七　绝

贫家微挚出舂磨①,最爱东坡馈岁情。

此日倚砻②频数米,却烦饥饱念苍生。

注:① 微挚:即微资。挚,钱币。舂磨:舂米磨粉。

② 倚砻:凭靠在打谷场的农具上。砻:明宋应星《天工开物》:"凡稻去壳用砻"。

何　须

作于壬子三月十五日①,纶儿逝后第一首诗。

何须尘影②尚依依,浮世生涯总觉非。

窥灶正应思辟谷,捉衿未愿赋无衣③。

尽看去日随流水,闲对长空送夕晖。

历倦冰霜人亦老,凌云欲待几时归。

注:① 壬子三月十五日:即 1972 年 4 月 28 日。

② 尘影:踪迹,过去的事。

③ 窥灶二句:写吃饭穿衣,形容生计艰难。窥,偷看。辟谷,一种修炼术,不食五谷,泛指不吃饭。衿,同襟,捉襟即捉襟见肘的省称。《庄子·让王》:"曾子居卫,十年不制衣,正冠而缨绝,捉襟而肘见"。

正海翁笔误①

落笔偏将姓氏差，黄王公案又重查。

此生传得龙宫秘②，原与真人③是一家。

注：① 作于 1972 年 5 月。

② 龙宫秘：传说唐孙思邈曾救一龙，因得龙宫秘方，著《千金方》三十卷。

③ 真人：谓修真得道之人。世称孙思邈为孙真人。刘海粟先生 1972 年又患中风，写信希望请孙大岳医师诊治，错写成沈大岳。

壬子八月十四夜见月作①

琼楼②犹自待成行，月上还宜把酒迎。

大地山河初见影，诸天③风露寂无声。

将盈已作全圆想，未满仍留补缺情。

到眼清光应不负，何须明夕计阴晴。

注：① 壬子八月十四：即 1972 年 9 月 21 日。

② 琼楼：月宫中的楼阁。

③ 诸天：佛家语。欲界、色界、无色界称三界，共三十二天，总谓之诸天。泛指大环境。

岁　华①

岁华弹指去骎骎②，戢翼何如返旧林③。

风雪长天惊别鹄④，池塘垂柳变鸣禽⑤。

无名且幸逃青史，相契⑥终应见赤心。

极目片帆西去路，此情日夕⑦为谁深。

注:① 作于 1974 年秋冬季。

② 骎骎:形容马跑得快。三国魏阮籍《咏怀》:"皋兰被径路,青骊逝骎骎。"

③ 戢翼:收起翅膀,喻归隐。旧林:往日的栖息之所。陶渊明《归园田居》:"羁鸟恋旧林,池鱼思故渊。"

④ 别鹄:古琴曲名。蔡邕《琴操》说,商陵牧子娶妻五年无子,父兄欲为改娶。牧子妻闻之,半夜惊起,倚户悲啸。牧子闻之,援琴而歌:"痛恩爱之永离,叹别鹤(鹄)以舒情。"

⑤ 鸣禽:善鸣之鸟。南朝宋谢灵运《登池上楼》:"池塘生春草,园柳变鸣禽。祁祁伤豳歌,萋萋感楚吟。"

⑥ 相契:相交深厚。

⑦ 日夕:朝夕。唐张九龄《感遇》:"日夕怀空意,人谁感至精。"

后　记

　　先父于 1975 年即"文革"结束前一年逝世,后经历数次搬家,
每次总会有些舍弃之物,然而父亲的旧籍遗物不敢贸然丢弃。其
一生无所喜好,唯书而已。所作诗文,一次是在"八一三"淞沪抗
战,从虹口密勒路(今峨嵋路)626 号旧宅,携母逃难来到租界公馆
马路(今金陵东路)57 号,当时以为战争不会长久,待到结束后再回
去,故家中物件多未取出,不意八年之后前往探视,已为他人占用,
而簿书一类早已灰飞,此损失一也;其后又重新有所积聚,但到
1966 年"文革"被抄,则是又一次劫难,损毁难计。我退休赋闲之
后,整理父亲旧箧,从残剩旧书日记簿页中,陆续搜集出诗词 245
首,分为上编《紫琳腴阁诗稿》120 首和下编《抱遗室诗录》125 首,
稍加注释,集腋付梓。今后或许还会有所发现,俟机会再作补充。
集中《琴波词》16 阕、《游仙杂事诗》32 首及《感旧诗》24 首,家父均
另抄小册,故完好无损。另在一册旧簿记中,发现父亲自书《紫琳
腴阁诗稿——劫尘集》的序言,是一篇二百馀字的骈体文。诗已散
落,文尚幸存。此文写于八十年前,那时正处在既居丧父之痛,又
遭寇患之忧。万千情思,尽在其中。虽为别集所作,实亦是平生所
属。权放置卷首,标为"自序",敬希鉴察。

　　本集所录诗词尽可能按年代先后为序,"以次录之"。因个人

学识浅陋,所作点逗注释难免有错误和不尽如人意处,诚望有识者不吝赐教指正。

　　在此,我要感谢顾建平先生为诗集题写书名;感谢复旦大学汪涌豪先生为诗集作序;感谢诗集责编张钰翰先生的认真校审;我还要特别感谢文化人、作家简平先生,因了他的多方关照,使本诗集得以顺利出版。

叶兆曦谨识

2018.10

图书在版编目(CIP)数据

叶宇青诗集/叶宇青著. —上海:上海人民出版
社,2018
ISBN 978-7-208-15485-8

Ⅰ.①叶… Ⅱ.①叶… Ⅲ.①古体诗-诗集-中国-
当代 Ⅳ.①I227

中国版本图书馆 CIP 数据核字(2018)第 227199 号

封面题签 顾建平
特约策划 简 平
责任编辑 张钰翰
封面设计 陈 酌

叶宇青诗集
叶宇青 著

出 版 上海人民出版社
　　　　　(200001 上海福建中路 193 号)
发 行 上海人民出版社发行中心
印 刷 上海商务联西印刷有限公司
开 本 890×1240 1/32
印 张 5.25
插 页 6
字 数 103,000
版 次 2018 年 11 月第 1 版
印 次 2018 年 11 月第 1 次印刷
ISBN 978-7-208-15485-8/I·1775
定 价 28.00 元